NON MI FIDO DI TE

CHARLOTTE BYRD

CHARLOTTE BYRD

dangerously addictive

COPYRIGHT

COSA SUCCEDE *quando il tuo EX è il tuo*
NUOVO COINQUILINO?

UNA VOLTA eri tutto quello che volevo. Dopo che te ne sei andato, ho perso tutto.

MA POI SEI RIENTRATO nella mia vita: **fiducioso, arrogante, misterioso e bello** come sempre.

· · ·

NON MI HAI MAI TRADITA e non hai mai mentito, ma questo non significa che ciò che hai fatto non mi abbia ferita.

IL MIO ODIO per te è un fuoco che non spegnerai mai.

Lo SAI e mi prendi per mano comunque. Voglio respingerti, ma non me lo permetti.

COSA SUCCEDE QUANDO INIZIO A CEDERE?

COSA SUCCEDE quando tutta la mia rabbia diventa l'opposto dell'odio?

** NON MI FIDO di te è il primo libro della COPPIA di libri di nemici - amanti dell'autrice bestseller Charlotte Byrd che vi farà girare la testa.

. . .

Cosa dicono i lettori di Charlotte Byrd:

"Questo libro / saga crea dipendenza!
Estremamente sexy e avvincente, intenso, con
colpi di scena che proprio non ti aspetteresti..."
★★★★★

"Lo inizi e non lo posi più!" ★★★★★

"Come diavolo ho fatto a sopravvivere?
La mia mente è sconvolta, il cuore mi
esplode nel petto e sono sull'orlo baratro,
tremando come una foglia in una tempesta, in
attesa di rifare tutto da capo, con la conclusione
che sia uno dei migliori motivi per prendersi una
pausa dal lavoro e perdersi per un po'."
★★★★★

"Questa serie è così **intensa e deliziosa**. I
colpi di scena mozzafiato, le emozioni selvagge e
la tensione snervante continuano ad aumentare

man mano che si prosegue in ogni libro di questa affascinante saga. Sono così coinvolta nella storia di Nicholas e Olivia. Questi personaggi si insinuano davvero nel tuo cuore, consumando totalmente anche la tua mente. La loro avvincente storia ti cattura rapidamente e ti immerge nel mondo di questa coppia. Cerca di essere preparato per il colpo di scena e per l'attesa per il sesto e ultimo libro di questa fantastica saga." ★★★★★

Tutti i libri sono disponibili presso TUTTI i maggiori rivenditori! Se non riesci a trovarli, manda una e-mail a charlotte@charlotte-byrd.com

Serie *La Serata Proibita*

La serata proibita

Le regole proibite

I legami proibiti

Il contratto proibito

I limiti proibiti

Trilogia *La Casa di York*

Duetto Non mi fido di te

Non mi fido di te

Ancora non mi fido di te

ISCRIVITI ALLA MAILING LIST E READER CLUB DI CHARLOTTE BYRD

Iscriviti alla mailing list di Charlotte Byrd e ricevi notifiche su nuove uscite, omaggi e contenuti esclusivi.

Puoi anche iscriverti al gruppo Facebook, **Charlotte Byrd's Reader Club**, per partecipare a esclusivi giveaways e scoprire le anticipazioni sui miei prossimi lavori.

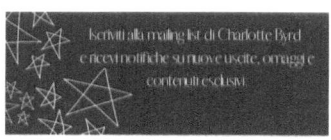

Iscriviti alla mailing list di Charlotte Byrd
e ricevi notifiche su nuove uscite, omaggi e
contenuti esclusivi.

"Decadente, delizioso e pericolosamente coinvolgente!" – Recensione ★★★★★

"Stuzzicante e magistralmente intrecciato, nessun lettore può resistere alla sua attrazione. UN MUST!" Bobbi Koe, recensione ★★★★★

"Accattivante" - Crystal Jones, recensione ★★★★★

"Eccitante, intenso, sensuale" - Rock, recensione ★★★★★

"Sexy, misterioso, che trasuda passione..." - Mrs. K, recensione ★★★★★

"Charlotte Byrd è una scrittrice brillante. Ho letto molto, e ho riso e pianto. Ha scritto un libro bilanciato con personaggi brillanti. Ben fatto!" – Recensione ★★★★★

"Veloce, oscuro, coinvolgente e avvincente" – Recensione ★★★★★

"Hot, avvolgente, e una trama fantastica." - Christine Reese ★★★★★

"Mio Dio... Charlotte mi ha reso un fan per tutta la vita." - JJ, recensione ★★★★★

"La tensione e la chimica sono al massimo livello d'allarme." - Sharon, recensione ★★★★★

"Spinto, sexy, intrigante viaggio di Ellie e del signor Aiden Black. - Robin Langelier ★★★★★

"Wow. Semplicemente wow. Charlotte Byrd mi lascia senza parole... Mi ha sicuramente tenuta sul bordo della sedia. Una volta iniziato, non lo riporrete più." – Recensione ★★★★★

"Sexy, appassionante e accattivante!" - Charmaine, recensione ★★★★★

"Intrighi, desiderio e grandi personaggi... cosa chiedere di più?!" - Dragonfly Lady ★★★★★

"Un libro fantastico. Estremamente coinvolgente, accattivante e un'interessante lettura sexy. Non riuscirei a smettere di leggerlo." - Kim F, recensione ★★★★★

"Semplicemente la storia migliore. Tutto quello che mi piace leggere, e molto di più. Una storia così bella che la rileggerei ancora e ancora. Da custodire con cura!!" - Wendy Ballard ★★★★★

"Ha la quantità perfetta di colpi di scena. Ho subito stabilito un legame con l'eroina e, naturalmente, con Mr. Black. YUM. È sexy, è sfacciato, è appassionante. È tutto." - Khardine Gray, autrice di romanzi bestseller ★★★★★

A PROPOSITO DI CHARLOTTE BYRD

CHARLOTTE BYRD è un'autrice best seller di molti romanzi rosa. Vive nella California del sud con suo marito, il figlio e un Australian Shepherd pazzerello. Ama i libri, il caldo e le acque crystalline.

Scrivile a:

charlotte@charlotte-byrd.com

Puoi dare un'occhiata ai suoi libri su:

www.charlotte-byrd.com

Seguila qui:

www.facebook.com/charlottebyrdbooks

Instagram: @charlottebyrdbooks

Twitter: @ByrdAuthor

Facebook Group: Charlotte Byrd's Reader Club

Iscriviti alla mailing list di Charlotte Byrd e ricevi notifiche su nuove uscite, omaggi e contenuti esclusivi.

Puoi anche iscriverti al gruppo Facebook, **Charlotte Byrd's Reader Club**, per partecipare a esclusivi giveaways e scoprire le anticipazioni sui miei prossimi lavori.

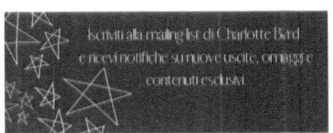

CAPITOLO UNO

Entro per la prima volta nel mio dormitorio e faccio un respiro profondo. Questo è l'inizio di qualcosa di nuovo. Qualcosa di speciale. Per tutto il liceo, ho sentito dire che il college sarebbe stato una specie di epilogo, nei capitoli della mia vita. È tutto ciò per cui ho lavorato, tutto ciò che ho cercato di raggiungere. Mentre tutti gli altri andavano in giro, bevevano e andavano alle feste, io tenevo il naso nei libri. Finalmente questo giorno è arrivato e non sembra un epilogo. No, questo è un prologo. L'inizio di qualcosa di speciale.

"Che stanza spaziosa!" esclama mia madre, guardandosi intorno nella mia nuova casa. La stanza è piuttosto grande. Tuttavia, non è proprio come quelle che hanno gli studenti universitari in televisione e nei film. Il soffitto è piuttosto alto, ma le pareti sono fatte di blocchi di cemento dipinto. Bianchi. Sterili. Quindi, diversi dall'accogliente stanza rosa chiaro che ho a casa.

Cammino verso la finestra. È una bellissima giornata di fine agosto. Sono al sedicesimo piano e da qui posso vedere negli appartamenti di altre persone dall'altra parte della strada.

"Non riesco proprio a credere di essere qui." Mi giro, con le lacrime che si accumulano nei miei occhi. "A New York."

"Oh, tesoro." Mia mamma mi mette le braccia attorno. Sa che questo è il mio sogno da quando ero alle medie. La mamma mi dà un rapido abbraccio e guarda fuori dalla finestra con me.

"Non so come la facciano le persone a vivere qui. È così affollato!"

Sorrido. Mia madre non è una fan di New York. Sono cresciuta a Calabasas, una città a nord di Los Angeles, dove il cielo è quasi sempre senza nuvole e blu e la temperatura non è mai sotto i 20 gradi. La mia famiglia fa parte dell'alta borghesia, ma non è considerata ricca. Almeno, non secondo gli standard di Los Angeles. Tuttavia, la nostra famiglia di cinque persone vive comodamente in una casa di 280 metri quadrati con un cortile di 560 metri quadrati e una piscina.

"Spero che tu abbia compagni di stanza simpatici," dice la mamma.

"Certo che sì," interviene papà. È in piedi sulla soglia, chiaramente non impressionato. "Non riesco proprio a credere che questa stanza costi $17.000 all'anno e che tu abbia altri tre compagni di stanza!"

Mamma e io ridiamo. Anche se mio padre non è uno che va al risparmio, gli piace sempre lamentarsi di quanto costino le cose.

"Coinquilini," lo correggo. "Ho un compagno di stanza e tre coinquilini." Le nostre camere sono separate da un soggiorno con una piccola cucina e c'è solo un bagno che tutti condividono.

"La stanza sarebbe stata altrettanto grande se fossi andata all'USC e la scuola sarebbe costata altrettanto," aggiungo. La University of Southern

California è quella di entrambi i miei genitori. È lì che si sono conosciuti, trent'anni fa.

"Sì, almeno saresti stata più vicino a casa e non avresti avuto bisogno di un biglietto aereo per venire a trovarci." Lui scrolla le spalle. Alzo gli occhi al cielo. Ne abbiamo già parlato migliaia di volte. Ora, ci scherzano su. Entrambi sanno che la Columbia è stata la mia scuola dei sogni da quando ho memoria e quando ho ricevuto la mia lettera di accettazione, penso che quasi tutti sapessero che era lì che ero diretta.

"Mi piacerebbe vederti quando sarà freddo e avrai lezione alle 8 di mattina," dice la mamma. "Non è sempre così bello qui, da quello che sento."

"Stavo bene in Colorado," dico. Solo che sono terrorizzata dal freddo. Non vedo l'ora di vedere le foglie che cambiano colore, ma il lungo inverno? Non lo so.

Entrambi i miei genitori ridono. "Alcune gite di una settimana per sciare difficilmente si qualificano come esperienza. Inoltre, Winter Park è una piccola città soleggiata. Un inverno di sei mesi a New York, dove tutto diventa fangoso e

la neve è nera per le macchine e l'inquinamento,
è completamente diverso," dice la mamma.

Annuisco.

"Penso che ce la farò," dico, assumendo
un'espressione coraggiosa. Mi allontano dalla
finestra per cambiare argomento.

"Quindi quale letto pensi che dovrei scegliere?"
La stanza ha una coppia di tutto. Due letti. Due
armadi a muro. Due scrivanie. Due sedie. Due
finestre. Una che dà sulla 116th Street. Una che
dà su Broadway.

"Se prendi questo sulla 116th Street, dovrebbe
essere un po' più tranquillo," dice la mamma
proprio mentre un'ambulanza accende la sirena e
si precipita giù per la strada. "O forse no."

Decido comunque per quello.

"Se voi due avete finito di fissare questa stanza
vuota, penso che sia giunto il momento di tornare
di sotto e prendere le altre cose, signorina," dice
papà, incollato al suo cellulare.

Mia mamma e mio papà sono entrambi dottori,
ma di recente hanno avviato una società di

consulenza per studi clinici, che li ha resi più occupati di quanto non siano mai stati quando praticavano.

"Ci vado subito," dico. "Metto solo via alcune di queste cose."

Subito dopo che mamma e papà se ne sono andati, la porta si apre ed entra una bruna alta e voluttuosa.

"Alice?" chiede. Tutta la sua faccia si illumina, mettendomi a mio agio.

"Doreen?" Chiedo.

"Oh, no, no, no." Lei scuote la testa. Allungo la mano, ma invece mi stringe in un caldo abbraccio. "Chiamami Juliet, *ti prego*. Odio Doreen."

"Va bene." Annuisco. Arrivando da Los Angeles, conosco bene la pratica dei cambi di nome. Tre ragazze della mia scuola hanno cambiato il loro nome prima di rifarsi il seno, prima di diplomarsi.

"Oh mio Dio, sei così carina!" Ride. "E piccola. Sei di Los Angeles, vero? Devi dirmi il tuo segreto. Argh, perché le sto ancora tenendo in mano?"

Lascia cadere le borse sul letto e appoggia il lungo specchio contro il muro. "Pensavo che l'avremmo appeso alla porta."

Aha! Finalmente me ne rendo conto. Ecco cos'era strano in questa stanza: non ci sono specchi.

"Grande idea. Ho completamente dimenticato di portare uno specchio," dico. "In realtà, ho pensato che ce ne sarebbe stato uno, qui."

A casa, ne ho tre nella mia stanza. Aiuto Juliet ad appendere lo specchio sul retro della nostra porta e cerco di vedere se si chiude ancora. Oscilla insieme alla porta, ma staremo attente.

"E allora?" Juliet si gira verso di me. "Qual è il tuo segreto?"

"Segreto?"

"Per restare così minuta. So che voi ragazze di Los Angeles avete i vostri trucchi."

Sorrido. Mi guardo allo specchio. Jeans skinny, infradito, t-shirt bianca. Senza reggiseno. Una prima. Capelli biondi e lunghi. Quasi niente trucco. Accanto a Juliet, sembro una bambina. Si massaggia i riccioli scuri sulla testa per dare più volume e riapplica il rossetto rosso vivo. Indossa ciglia finte e ogni parte del suo viso è truccata, dandole splendidi riflessi sulla fronte e facendo risaltare gli zigomi.

"Nessun segreto, davvero." Alzo le spalle. Ho avuto molti problemi con il mio peso.

"Ah, se dici di mangiare sano e fare esercizio fisico, vomiterò."

"Non sei una che si trattiene, vero?" Sorrido.

"No, tesoro. Dico ciò che penso. Spero che vada bene."

Annuisco. "Più che bene." Accolgo con favore la sua onestà. È una boccata d'aria fresca dopo Los Angeles, dove tutti sono gentili. Troppo gentili. Nessuno ti dice una singola cosa brutta in faccia. Nemmeno quando hai davvero bisogno di sentirla.

"Principalmente, cerco di non mangiare carboidrati la sera. Evito gli alimenti lavorati. Mia mamma compra solo alimenti biologici e da agricoltori. Non troppo latte. Proteine magre e pesce. Roba del genere."

"Questo ha senso." Si massaggia di nuovo i capelli. "Quindi, niente hamburger con patatine al peperoncino?"

Scuoto la testa. "No, non proprio."

Rabbrividisco al pensiero, in realtà. Potrei essere magra, ma a casa le ragazze della mia classe erano molto più piccole. Io sono quella che chiamavano robusta.

"È più cibo per ragazzi, non è vero?" Chiedo.

"Non quando fuori è sotto lo zero e torni dal bar alle 4 del mattino. Quelle patatine piccanti ti riscaldano davvero dall'interno."

Ancora il freddo. Prima che mi spaventi ancora di più, decido che è ora che io vada ad aiutare i miei genitori con il resto delle mie borse.

Il mio telefono emette un segnale acustico.

Dove sei? Chiede papà.

· · ·

"Devo andare," dico. "Devo prendere il resto delle mie cose dal piano di sotto. Rimani qui? I miei genitori sono giù. Mi piacerebbe presentarvi."

"Sì, sicuramente!" Juliet sorride e si massaggia di nuovo i capelli. Apparentemente, i suoi capelli non possono mai avere abbastanza volume.

CAPITOLO DUE

Esco nel nostro salotto. Le sistemazioni qui sono un po' più arredate: un brutto divano blu che ha un disperato bisogno di essere lavato o di alcuni cuscini per farlo sembrare almeno leggermente presentabile e due identiche poltrone reclinabili verdi che sembrano provenire da un negozio dell'usato di terza categoria. Esiste davvero un negozio che vende queste cose? Un tavolino da caffè abbastanza accettabile, che ha un aspetto da campagna francese, tranne per il fatto che non è carino. Sembra che sia stato invecchiato dal passare del tempo, non da un lavoro di pittura attentamente pianificato. Inoltre, alcuni tavolini, che non corrispondono in termini di colore e altezza. Tutto in questo salotto è sbagliato e tuttavia, tutto in questo posto sembra così giusto!

I miei palmi si sudano per l'eccitazione. Sono davvero a New York.

New York!!!

Mi sento come se fossi in un film favoloso, sto per imbarcarmi nell'avventura della mia vita. Sono pronta a indossare un favoloso paio di stivali autunnali, collant neri e una piccola gonna nera e passeggiare per Central Park con un cappuccino come una vera newyorkese!

"Alice?" La sua voce trafigge le mie fantasie. So a chi appartenga prima ancora di girarmi. È una voce che non potrei mai dimenticare, non importa quanto ci provi.

"Alice? Sei tu?" Mi prende per un braccio, mi fa voltare.

"Hudson? Che ci fai qui?" Chiedo.

"Che ci fai *tu* qui?" Chiede lui.

Restiamo in piedi, fissandoci per un momento. Non è cambiato. Non molto. Comunque, non ha

avuto molto tempo per cambiare. Sono passate
solo due settimane dalla nostra famigerata
rottura. Tuttavia, sembra più cresciuto. I suoi
capelli castano chiaro ora sono più corti. È vestito
con un bel paio di jeans dal taglio slim, che
accentuano il sedere, e la sua maglietta azzurra
preferita con la sagoma di un pinguino sul
davanti. È abbronzato come sempre; questo è ciò
che accade quando si fa surf ogni giorno
dell'estate, qualunque cosa accada. Ora i suoi
occhi sono più blu di prima. Forse è la luce, forse
la distanza.

"Alice, puoi aiutarmi..." Juliet esce dalla nostra
stanza. "Ehilà. Sono Juliet," dice civettuola.

"Ciao, sono Hudson Hilton," dice, tendendo la
mano. "Sono il vostro nuovo coinquilino."

"Magnifico! Non sapevo che questo posto fosse
misto. Tu lo sapevi, Alice?"

No, neanche io lo sapevo. Inoltre, non sapevo che
fosse possibile essere assegnata allo stesso
appartamento del tuo ex ragazzo, e non solo a un
ex ragazzo, ma a quello che ti ha spezzato il cuore
in un milione di minuscoli pezzi.

"Accidenti, sei piuttosto abbronzato, vero, Alice?"

"Vengo dalla California." Lui scrolla le spalle.

"Ah, allora si spiega! Anche Alice viene dalla California."

"Sì, lo so." Lui annuisce. "In realtà, ci conosciamo."

Juliet salta per la sorpresa, come se questa notizia significasse per lei tanto quanto per me.

"Siete andati allo stesso liceo?" chiede.

"Che ci fai qui, Hudson?" Chiedo.

"Ascolta, è una specie di incidente, okay? Non intendevo che ciò accadesse. Non sapevo nemmeno che questo appartamento fosse misto. Sono stato assegnato qui. Proprio come te."

"Beh, non posso restare qui, se tu vuoi rimanere," dico.

"Che cosa?! Perché?" Juliet mi getta un braccio attorno. "No, non puoi andartene, tesoro. Chissà con che tipo di ragazza pazza dovrò condividere la stanza."

Scuoto la testa. Non posso preoccuparmene.
Non posso nemmeno essere nella stessa stanza
con lui!

"Hudson?" Sento la voce di mia madre da
qualche parte dietro di me. "Che ci fai qui,
Hudson?"

"Salve, dottoressa Summers. Dottor Summers."
Hudson dà a entrambi i miei genitori un breve
abbraccio. Mio padre è così sorpreso di vederlo
che riesce a distogliere lo sguardo dal suo
telefono.

"Sembra che io e Alice siamo stati assegnati allo
stesso appartamento." Lui scrolla le spalle.

"Mamma, devo andare a parlare con qualcuno
del trasloco. Non posso stare qui e vivere con lui."

"Alice, non essere scortese," mi sussurra e poi si
gira di nuovo verso Hudson. "Come stanno tua
mamma e tuo papà, Hudson? Sono qui?"

"Sono a New York, ma avevano alcune
commissioni da sbrigare. Ci incontreremo per
cena più tardi, dopo che ho sistemato le cose.
Penso che verranno a vedere il posto allora."

"Oh, bene. Beh, portagli i nostri saluti." Mia mamma sorride. Sa quasi tutto quello che è successo tra di noi, ma è ancora educata e cortese. In questo momento, la amo e la odio.

"Scusate, devo disfare le valige," dico e torno nella mia stanza. Mi siedo sul letto e provo a valutare la situazione.

"Cosa c'è che non va?" Juliet irrompe nella stanza solo pochi secondi dopo, seguita da mia mamma.

Scuoto la testa. Non riesco a parlare.

"Juliet, vero?" dice mia mamma. "Sono la dottoressa Summers."

"Sì, certo. Mi scusi."

"Va tutto bene. Stai bene, Alice?" chiede mia madre.

"Mi piacerebbe darle qualche momento, dottoressa Summers, ma non posso proprio andarmene senza sapere cosa sta succedendo qui. Conosci Hudson, vero?"

"È il suo ragazzo del liceo," spiega la mamma. "Sono usciti per due anni. A distanza nell'ultimo anno. Si sono lasciati alcune settimane fa."

"Oh. Mio. Dio."

"Beh, in realtà, Hudson ha rotto con Alice. Molto all'improvviso," aggiunge mia madre.

"Non ci credo!" Esclama Juliet. "Che stronzo!"

"Sì, è stato un po' uno stronzo," sussurra la mamma.

Juliet si scatena in un monologo su come gli uomini facciano schifo e quanto faccia schifo il fatto che ne abbiamo bisogno. Non sono davvero d'accordo, ma sono d'accordo in questo momento. Mi piace quanto sia già protettiva nei miei confronti, ma non riesco a stare qui.

"Devo andare a parlare con qualcuno negli alloggi," dico finalmente, scendendo dal letto.

"Oh, tesoro." Mia mamma scuote la testa. "Sei sicura?"

"Cosa dovrei fare? Restare qui e vivere con lui tutto il semestre?"

Mia mamma sospira. "Non lo so. Ma se è quello che vuoi..."

"No, non puoi. Alice, per favore! Non puoi lasciarmi sola con quello stronzo, se è davvero uno stronzo."

"Non è proprio uno stronzo, Juliet. È un bravo ragazzo. Solo, non posso proprio vivere con lui. È tutto qui."

CAPITOLO TRE

QUANDO ESCO DALLA STANZA, trovo mio padre e Hudson che discutono delle scorte biomediche. Hudson ha in programma di laurearsi in Economia e ha già investito una notevole quantità di regali di compleanno dei suoi nonni in alcuni fondi promettenti. Mio padre è sempre alla ricerca di consigli di borsa e non spreca mai l'opportunità di averne uno, anche se proviene dal ragazzo che ha spezzato il cuore di sua figlia. D'altra parte, cosa diavolo mi aspetto che faccia? Che lo ignori come un bambino? Non è come se mi avesse tradita. O picchiata. O qualcosa di imperdonabile. Ha solo rotto con me.

Decisamente. Non. Posso. Rimanere. Qui.

"Dove stai andando, Alice?" Mi chiede mio padre mentre cerco di passare via di soppiatto.

"Dai responsabili," dico senza voltarmi.

"Alice, dai. Non devi farlo per forza!" Hudson urla dietro di me.

"Forse dovrei seguirla?" Lo sento chiedere a mio padre.

"No, è meglio lasciarla andare, figliolo." Mio padre lo ferma, con mio grande sollievo. Un nodo mi si forma in gola. Le lacrime stanno per iniziare ad uscire. Fortunatamente, le porte dell'ascensore si chiudono prima che qualcuno mi veda piangere.

"Andrà tutto bene, Alice." Mia mamma mi abbraccia. Cerco di asciugare alcune lacrime quando l'ascensore si ferma a piani diversi ed entrano delle persone.

"Oh, non ti preoccupare, tesoro. Sono solo nervosismi del primo giorno. Starai bene." Una donna sull'età di mia madre mi dà una piccola pacca sulla nuca.

"Sono qui a salutare il mio terzo figlio e non diventa ogni volta più facile, non è così?" chiede, rivolgendosi a mia madre.

La mamma scuote la testa.

"L'ho già fatto due volte, ma lei è la prima che è andata così lontano," dice e continua parlando di com'è stato portare le mie sorelle maggiori al college. Stephanie all'USC e Jacqueline all'UC Berkeley.

Mi asciugo le lacrime e aspetto che l'ascensore scenda finalmente al piano di sotto. Il tutto dura un'eternità, mentre i ragazzi entrano ed escono e l'ascensore deve fermarsi praticamente ad ogni piano. Oltre a tutto ciò, mia mamma fa nuove amicizie ad ogni fermata.

Quando arriviamo al piano terra, non riesco più a controllare il flusso delle lacrime. Sono passate solo due settimane da quando Hudson mi ha scaricata dopo un'ardua conversazione di sei ore. Non sono lontanamente vicina a superarlo. È stato nella mia vita negli ultimi due anni di liceo. È stato il mio amore per molto più tempo. No, non ci posso nemmeno pensare, ora. Non se non voglio che i miei occhi si gonfino fino alle dimensioni di due pomodori e che io cammini come una ragazzina disperata per il resto della giornata.

"Andrà bene," dico alla mamma mentre usciamo dall'edificio. L'umidità esterna ci avvolge in una spessa coltre. È così densa che posso praticamente assaggiare l'acqua mentre camminiamo.

"Certo che sì." La mamma mi prende per mano. Molti ragazzi sono imbarazzati dai loro genitori, ma io non lo sono mai stata. Fino a questo momento, cioè. Improvvisamente, divento acutamente consapevole del fatto che sto piangendo e tenendo la mano di mia madre il primo giorno di scuola. Le lascio subito la mano. O non se ne accorge o non fa storie.

Il campus trabocca di umanità. Ci sono matricole universitarie con gli occhi spalancati che inondano entrambi i marciapiedi e si riversano nelle strade. I loro orgogliosi genitori sono intorno alle loro auto, aiutando i loro bambini a scaricare le borse e migliaia di altri prodotti Bed Bath & Beyond in grandi contenitori su ruote.

All'ufficio degli alloggi, una lunga fila di matricole

impazienti e stanche avvolge l'esterno dell'edificio. Aspettiamo in silenzio per circa un'ora fino a quando è finalmente il nostro turno.

Una ragazza lentigginosa e stanca con uno stretto chignon ci saluta con un entusiasmo poco calcato.

"Come posso aiutarvi?" Chiede, a malapena alzando lo sguardo. La sua targhetta dice Tina.

"Ciao, Tina. Mia figlia è stata assegnata a una suite con il suo ex ragazzo. Tutta la situazione è molto complicata e lei non può proprio rimanerci."

"Okay, fatemi vedere cosa posso fare." Tina mi chiede nome e carta d'identità. Non ho ancora il mio badge studenti, quindi le consegno la mia patente. Scrive, scorre e mormora qualcosa, quindi riprende nuovamente a digitare. Mamma e io aspettiamo.

"No, mi dispiace. Non abbiamo nessun altro posto dove trasferirti."

"Che cosa?!" Non ci credo. "Come può essere? Ne sei sicura?"

"Sì, ogni dormitorio è pieno." Tina si stringe nelle spalle. Chiaramente non capisce la gravità di questa situazione.

"Non capisci. Non posso vivere lì! È il mio ex ragazzo. È stata una brutta rottura. Non posso vederlo di nuovo. Non tutti i giorni!"

All'improvviso, qualcosa che ho detto attira l'attenzione di Tina. "C'è un ordinanza restrittiva contro di lui?"

"Ordinanza restrittiva? Perché dovrei avere un'ordinanza restrittiva?"

"Era violento?" Tina chiarisce, ma parla ancora in arabo per me.

"Violento? No, certo che no."

"Beh, allora non c'è niente che possiamo fare. Voi due siete stati abbinati secondo il nostro algoritmo di compatibilità. Queste cose sono piuttosto accurate, in genere."

"Beh, ovviamente erano compatibili." La mamma interviene. "Ecco perché sono usciti per due anni, ma si sono lasciati. Non puoi davvero aspettarti che mia figlia viva con il suo ex ragazzo per un anno intero, vero?"

"Non c'è motivo di essere nervosi, signora," dice severamente Tina. "E no, non mi aspetto che viva lì per un anno. Solo un semestre. A novembre, puoi iscriverti di nuovo ed essere riassegnata. Quindi saranno solo quattro mesi."

"Non posso vivere con lui per un semestre!"

"Alice, ci sono molte persone in attesa. Questa è la tua unica opzione. A meno che tua madre non ti voglia affittare un monolocale malandato e infestato da cimici per $1500 al mese."

Prima che io possa rispondere, il ragazzo in attesa dietro di me in fila si fa strada verso il bancone e inizia a lamentarsi con Tina delle dimensioni del suo materasso.

Guardo mia mamma. Lei scrolla le spalle. Sconfitte, ci dirigiamo verso l'uscita.

Una grande parte di me vorrebbe pestare i piedi e insistere su quel monolocale. Forse, se ne facessi un affare abbastanza grande, i miei genitori cederebbero, ma $1500 al mese sono molto più del dormitorio. Dopo aver guardato su Craigslist una settimana fa, so che Tina non sbaglia di molto sul prezzo o sulla qualità dei posti disponibili.

"Quindi, cosa vuoi fare?" Chiede mamma.

"Voglio prendere un cappuccino e andare a dormire. Poi voglio svegliarmi e scoprire che è solo un brutto sogno."

Lei mi abbraccia. Non mi allontano. Odora di Chanel n. 5, come sempre, il suo profumo preferito, e mi ricorda casa.

"Papà sarà davvero felice se all'improvviso decidessi di trasferirti all'USC," sussurra.

"Lo so, ma io non lo sarei." Sorrido. "Va bene. Va bene. Basta con la parte della vittima."

Mi allontano da lei.

"È solo un semestre, giusto? Un semestre. Posso farlo." Penso. "Quanto potrebbe essere difficile?"

CAPITOLO QUATTRO

QUELLA SERA SONO USCITA con i miei genitori
in un ristorante francese alla moda in Riverside
Drive. Scelta di mia madre. Aveva tovaglie
bianche, piccoli tavoli quadrati e minuscole
porzioni di cibo. Pensavo che mio padre si
sarebbe lamentato delle dimensioni
sproporzionate dell'insalata rispetto al prezzo del
piatto, ma mi ha sorpresa. Invece, sembrava
davvero apprezzare l'esperienza e ha persino
ordinato una bottiglia di vino per festeggiare.
Non mi hanno chiesto l'età, quindi ho bevuto un
bicchiere anche io.

I miei genitori sono sempre stati così. Non è che
siano dei fan per l'alcol da minorenni, ma mi

hanno fatto occasionalmente bere un bicchiere di vino a cena da quando avevo quindici anni. Quando ero più giovane, mi annoiavano con eterne discussioni sugli orrori e sui pericoli del bere e sul bere alcolici di scarsa qualità. Oggi, abbiamo apprezzato tutti e tre il vino in pace.

"Mi chiedo come sarà avere un bicchiere di merlot californiano quando la temperatura è sotto lo zero e nevica." mio padre si chiede ad alta voce.

Ancora con il tempo! Sì, fa freddo qui. Sì, non mi piace il freddo. Sì, sembra che New York sia una strana scelta per chi odia il freddo e deve indossare le maniche lunghe quando si va sotto zero. Voglio dire tutte queste cose ad alta voce, ma, miracolosamente, sono in grado di tenere la bocca chiusa.

"Sai cosa dice tua nonna, vero? Non è normale per gli esseri umani vivere in un posto dove fa più freddo che nel suo congelatore."

Gram, la mamma di mia madre, è cresciuta a Chicago e si è trasferita a Los Angeles quando aveva diciotto anni. Ha mollato tutto e si è trasferita. Nessun lavoro. Nessun amico. Nessun

uomo. L'ho sempre ammirata per questo. La mia
famiglia ha molte donne forti. Per qualche
motivo, sono l'unica che è un po' debole, di tanto
in tanto.

"Quindi, è stata una bella batosta rivedere
Hudson, vero Sharon?" Chiede papà.

Thump. Il tallone di mia mamma lo colpisce sul
ginocchio.

"Ahia! Perché lo hai fatto?" Si gira verso mia
mamma.

"Perché te lo meritavi." Lei alza gli occhi al cielo.
"Onestamente, a volte puoi essere così insensibile,
Eliot."

Non dico niente. Non so davvero cosa dire. So
che mio padre non voleva insinuare nulla.
Conosce Hudson praticamente da sempre. Siamo
amici dalla quinta elementare. Migliori amici
dalla seconda media. Ragazzo e ragazza dalla
quarta superiore. Ex da due settimane. Ora,
coinquilini.

Coinquilini!

"Sento che l'universo sta cospirando contro di me," dico alla fine.

"Oh, tesoro, non dire così," dice la mamma. "Non pensarla così. Questo è stato solo un problema tecnico. Un incidente. Sono sicura che funzionerà. Voglio dire, quanto spesso devi vedere gli altri coinquilini? Quando siamo tornati dall'ufficio di assegnazione, non c'era nessuno. Forse avrete orari diversi? Routine diverse?"

Sta parlando a vanvera, ma mi sta facendo sentire meglio. Ha ragione. *Devo* credere che abbia ragione. Forse c'è un modo per evitarlo.

"La mia compagna di stanza, Juliet, sembra carina." Cambio argomento.

Entrambi i miei genitori annuiscono. Poi, mio padre riesce a imbattersi in un altro argomento che mi mette a disagio.

"E qual è il suo corso di laurea?" Chiede.

Ah, ecco l'argomento senza fine. Da quello che ho imparato dalle mie sorelle, il corso di laurea è un importante argomento di conversazione al college. È quasi come se non ci fosse nient'altro. Il

tuo ti mette in una sorta di classifica. Un
particolare phylum, ordine o genere. Secondo
mia sorella maggiore, almeno.

"Non ne sono sicura." Alzo le spalle.

"Nessuno di voi è sicuro, non è così? Cos'ha
questa generazione, Sharon? Noi eravamo così?"

"Sì, molte persone lo erano. Tu? No, tu non eri
così." Sorride. Lo sta prendendo in giro, ma con
affetto.

"No, non lo ero." Mio padre sorride con orgoglio
mentre lo dice. "Ho capito subito che volevo
diventare un medico. Ricordo persino il
programma del mio primo semestre. Puoi
crederci? Tutti questi anni dopo? Ho frequentato
biologia, chimica 101, fisica 102, calcolo 1 e
civiltà occidentale 1. L'ultima è stata una sorta di
folle requisito, ovviamente."

"Sì. Chi potrebbe pensare che qualcosa della
civiltà occidentale possa essere utile a qualsiasi
essere umano?" Dico sarcasticamente. Sto
scherzando, ma non fino in fondo, e mio padre
lo sa.

"Ah, vedo che abbiamo una furba, qui. Okay, allora, sapientona, per quali corsi hai deciso?"

Sospiro. Non perché non lo sappia. Ho sfogliato il catalogo dei corsi per l'ultimo mese. L'ho praticamente memorizzato. L'unica conclusione a cui sono giunta è che ci sono troppi percorsi affascinanti per restringerli a soli quattro o cinque. Alcuni dei miei preferiti sono Il Lavoro dello Scrittore, L'arte del Racconto, Introduzione alla Fiction e L'Età Vittoriana in Letteratura. Non posso dirlo ad alta voce. Non se non voglio avere una vera e propria discussione tra le mani.

"Non lo so. Devo ancora incontrare il mio tutor," dico, "ma probabilmente alcuni corsi richiesti e uno o due corsi di inglese."

Inglese sembra più professionale di scrittura. Almeno nella mia mente.

"Inglese? Ancora?" Mio padre alza gli occhi al cielo. "Tesoro, so che ti piace leggere e scrivere, ma cosa hai intenzione di fare dopo la laurea? Ora, se seguissi il corso di medicina, avresti almeno delle prospettive."

Ora tocca a me alzare gli occhi al cielo. Medicina.
Per qualche ragione mio padre è ossessionato
dall'idea che io studi medicina. Forse è perché è
un medico e mia madre è un medico, ma
entrambi volevano essere medici. Non è
irragionevole cercare di convincere qualcuno a
diventare un medico quando è praticamente
l'ultima cosa che vuole fare della sua vita?

"Non voglio parlarne, papà." Scuoto la testa e mi
concentro sul minuscolo pezzo di salmone e feta
davanti a me.

Se non mi regolo, finirò la cena in due bocconi.
Oh, come vorrei che fossimo andati in qualche
ristorante economico invece, con grissini illimitati
e altre cose da sgranocchiare. Così avrei almeno
avuto qualcosa per distrarmi da questo
interrogatorio.

"Oh, lo so che non lo vuoi. Ma mi sembra
necessario parlarne prima che tu spenda $50.000
all'anno in questa scuola ricoperta di edera per
tessere cestini o leggere libri che puoi leggere
gratuitamente in biblioteca."

"Eliot, per favore," dice mia mamma. La
conversazione è finita. Aspetto questa

affermazione da quando è emerso l'argomento del corso di laurea e la accolgo a braccia aperte. Tutti nella mia famiglia sanno che quando la mamma dice "Eliot, per favore," è tempo che mio padre smetta di insistere.

CAPITOLO CINQUE

Quando ero più giovane, pensavo che nulla potesse farmi del male. Pensavo di essere invincibile. Tutta la mia vita mi stava di fronte e avevo molti piani. Piani per il liceo. Piani per il college. Piani per stare con Hudson per il resto della mia vita. Era il mio compagno perfetto. La mia anima gemella. O almeno, così pensavo.

Poi sono cresciuta e ho capito che era tutto un casino. Vivevo in una bugia. Persa nella mia illusione. Hudson non era la mia anima gemella. Era solo il mio ragazzo. Qualcuno che mi ha spezzato il cuore. Ora, non so nemmeno se credo nell'idea di un'anima gemella.

Tra tutti i motivi per cui lo odio, questa è la cosa che me lo fa odiare di più.

"Ehi, ehi." Sento qualcuno dire in lontananza. "Ehi, scusa."

Mi allontano dalla finestra del soggiorno e mi trovo faccia a faccia con un figurino alto, biondo e con gli occhi azzurri.

"Sei la mia nuova coinquilina?" chiede. I suoi occhi scintillano alla luce del sole che entra dalla finestra. Annuisco. Mi dà un caldo abbraccio. Si presenta come Dylan Waterhouse.

Dylan è del Connecticut. Non sono mai stata in Connecticut. Penso subito alle Gilmore Girls e ad una vecchia commedia romantica con Julia Roberts chiamata *Mystic Pizza*. Immagino che Dylan sia cresciuto in una di quelle pittoresche città costiere dove le foglie diventano in meravigliose tonalità di rosso e oro ogni autunno.

"No." Dylan ride quando glielo dico. "Sono cresciuto a Greenwich. È un po' diverso. Niente pesca per me. Trascorrevamo le nostre estati negli Hamptons e mio padre ha un appartamento a Central Park."

"Allora, da dove vieni, bellezza?" chiede, inclinando il mento verso di me. Le sue braccia pendono sui fianchi, ma posso comunque vedere che è palestrato. Per un secondo, non capisco. Poi, mi colpisce.

"Stai flirtando con me?"

"Sì, forse. Perché?"

Alzo gli occhi al cielo. Fingo di essere infastidita, ma in modo troppo evidente. Odio ammetterlo, ma mi piace questa attenzione. Dylan è molto carino e ricco, a quanto pare.

"Perché siamo coinquilini, ricordi?" Dico, spingendolo leggermente da parte. La mia mano si posa sul suo petto. I suoi pettorali sono duri e caldi. Rimango lì un po' troppo a lungo.

"Ehi! Sei tornata!" Juliet esce dalla nostra stanza. "Oh, e hai incontrato Dylan!"

Annuisco. Bussano alla porta ed entra un uomo abbastanza grande per poter essere il padre di Dylan, carico di valigie dall'aspetto costoso. Ha i capelli neri e gli occhi seri. È chiaramente senza fiato.

"Oh, deve essere il padre di Dylan. Salve, è un piacere conoscerla," dico quando l'uomo appoggia le valigie a terra. Dylan non fa una mossa per aiutarlo. Aspetto che suo padre lo rimproveri, ma non lo fa.

"Oh, no, signorina, non sono il padre di Dylan," dice.

"Puoi mettere le borse lì dentro." Dylan indica la sua stanza.

"Non è tuo padre?" Sussurro.

Dylan fa un sorriso storto. "No, è l'autista."

"Il tuo autista ti ha portato qui? Merda. Pensavo che fossero i miei i genitori a non essere coinvolti," dice Juliet.

Continua con un discorso su quanto siano ridicoli i suoi genitori per non essere nemmeno venuti a scuola. Viene da Staten Island e sembra che prendere un traghetto e poi un taxi fino alla 116th Street sia di troppo disturbo.

"Qual è il problema?" Juliet imita sua madre, dandole una voce roca da fumatrice. "Pensi che

non siamo mai stati nell'Upper West Side,
prima?"

"Eh, almeno i tuoi genitori hanno il traghetto
come scusa. I miei genitori sono separati e mio
padre vive nel suo appartamento di Park Avenue.
Non si è ancora preso la briga di venire. Si è
comportato come se mi stesse prestando il suo
autista, stamattina."

Quello che ho imparato rapidamente è che a
New York c'è una grande differenza tra vecchio e
nuovo denaro. Il papà di Juliet possiede una
catena di lavanderie a gettoni e alcuni
condomini. È andato al CUNY per un semestre,
ma ha abbandonato per iniziare la sua attività.
Sua madre è la quarta moglie di suo padre ed è
molto più giovane di lui. I genitori di Dylan si
sono incontrati a Princeton. Si sta ribellando, non
andando a Princeton. Suo padre gestisce una
sorta di società farmaceutica a contratto ed è
anche un avvocato laureato presso la Yale Law
School.

Non ho idea del perché sia Juliet che Dylan mi
abbiano dato un'analisi dell'istruzione e del
background dei loro genitori subito dopo avermi

incontrata. È una cosa della East Coast? Probabilmente, decido. A Los Angeles, le persone sono diverse. L'istruzione conta meno delle persone che conosci.

"Allora, in cosa pensi di laurearti?" Chiedo a Dylan.

Ride. Penso che sappia che stia solo seguendo le normali procedure per fare amicizia al college. Quale altro modo esiste per valutare la persona che hai di fronte dalla testa ai piedi e fare ogni sorta di ipotesi inappropriata di chi sia come essere umano?

"Non sono ancora sicuro. Storia, penso. Ho intenzione di andare a scuola di legge, dopo. Quindi, storia suona bene, immagino."

"Ehi, anch'io!" Dice Juliet. "Adoro le civiltà romana e greca. Sono così affascinanti, vero?"

Dylan non è impressionato. "Mi piace di più il ventesimo secolo."

"È storia o scienze politiche?" Chiede lei.

Ci prendiamo un momento per considerare la cosa. Odio ammetterlo, ma sono d'accordo. A scuola, non abbiamo nemmeno raggiunto il ventesimo secolo. Invece, abbiamo continuato a ripetere Colombo, la fondazione dell'America, e il 1800.

I miei occhi si spostano verso la porta e vedo Hudson che sta lì in piedi lì. I suoi capelli gli cadono leggermente in faccia. Si appoggia allo stipite della porta come fanno i modelli nelle riviste. Guardami, non sono sexy? Ma non in un modo del tutto ovvio. Sono sexy, ma non lo so davvero. Solo che lo so. Questo è ciò che dice quello sguardo. Anche se non lo dice ad alta voce. *Soprattutto* se non lo fa.

Dylan e Juliet continuano con le loro battute, completamente ignari della sua presenza. Lo fisso. Non dice niente. Non riesco a credere che meno di tre settimane fa potevo semplicemente andare laggiù e dargli un bacio su quelle labbra succulente e assolutamente baciabili. Adesso non posso. Sembra così arbitrario. Non è passato molto tempo e solo perché il nostro status è cambiato, improvvisamente siamo estranei con niente da dirci. No. Siamo estranei con un milione di cose da dirci. Un milione di cose che non possiamo o non vogliamo dire.

"Oh, ehi, Hudson! Sei tornato. Bene," dice Dylan. "Mi stavo chiedendo se qualcuno di voi ha fame? Conosco questa fantastica pizzeria in fondo alla strada. Servono fette grandi come pizze di dimensioni normali. La loro pizza è deliziosa."

"Sto morendo di fame," dice Juliet.

"Anche io," dice Hudson dopo un momento. Scuto il suo volto cercando di capire cosa pensa che dovrei fare, ma la sua espressione è vuota. Illeggibile.

"No, io sto bene. Ho molto da fare," dico alla fine.

"Oh, dai, Alice. Per favore, vieni." Dylan mi mette un braccio attorno alla spalla come se fossi una vecchia amica. "Per favore?"

"Sì, dai," dice Juliet. "Sarà divertente."

"Non lo so." Insisto.

"Questa è la nostra prima attività ufficiale come coinquilini e devi farne parte." Il tono nella voce di Dylan cambia. Ora è più serio, ma sta comunque scherzando.

"Ascolta, se non vuole andare, non deve andare,"
dice Hudson. Sembra che stia prendendo la mia
parte, ma qualcosa nel modo in cui lo dice mi
infastidisce. È quello che mi ha scaricata. Perché
dovrei essere io a stare a casa e non uscire?
Fanculo.

"Va bene, verrò," dico.

"Ottimo!" Dylan balza in piedi per l'eccitazione.
Mi avvolge tra le braccia e mi dà un grande bacio
sulla guancia.

Con la coda dell'occhio vedo il viso abbattuto di
Hudson. Improvvisamente, mi sento leggera
come una piuma.

CAPITOLO SEI

HUDSON VA A CHIAMARE l'ascensore e io resto indietro per aspettare che Juliet e Dylan prendano i loro portafogli.

"Come ti senti? Stai bene?" mi chiede lei appena esce. Alzo le spalle.

"Cosa c'è che non va?" Chiede Dylan. Juliet gli dà il quadro generale.

"Hudson è il tuo ex ragazzo? Merda. Questo sì che è imbarazzante."

"Sì." Annuisco. "Ex a partire da due settimane fa. Ho cercato di cambiare stanza, ma a quanto pare non ci sono altre stanze disponibili. Quindi, sono bloccata qui con lui."

"Ehi, ehi, ehi. Questo mi offende personalmente, ragazza. Sì, è fottutamente strano vivere con il tuo ex, ma non è il tuo unico coinquilino. Ci siamo anche Juliet ed io. Siamo piuttosto fantastici. Sono sicuro che ne sarai convinta entro la fine della cena."

La mia bocca saliva al solo pensiero. Anche se ho già cenato ufficialmente con i miei genitori, non l'ho considerata una cena. Le porzioni erano minuscole e la conversazione aveva un che di subdolo.

Quando arriviamo alla pizzeria, mi rendo subito conto che Dylan non stava esagerando circa le dimensioni di quelle fette. Sono enormi. Molto sottili con non troppo formaggio, ma comunque enormi. Ne ordino una e sembra un'intera pizza. Fortunatamente, i piatti e i tavoli sono ugualmente grandi e abbiamo spazio per sistemare le nostre fette.

Evito lo sguardo di Hudson per tutta la cena e anche lui riesce ad evitare il mio. Invece, ci concentriamo entrambi su Dylan e Juliet, che hanno abbastanza di cui parlare per conto di tutti. Dylan parla dell'atletica al liceo e dell'estate negli Hamptons. Juliet si lamenta della decisione di suo padre di acquistare una casa sulla Jersey Shore invece che negli Hamptons.

"Gli Hamptons non sono così belli." Dylan cerca di confortarla.

"Oh, per favore, non dirmelo." Agita la mano come se fosse stata insultata.

"Che cosa?" Dylan ride, prendendo un altro grosso boccone di pizza.

"Odio le persone che fingono che gli Hampton non siano bellissimi più delle persone che vi trascorrono l'estate! È come quelle ragazze che fingono di non apprezzare i diamanti. Non ho ragione?" Lei si gira verso di me.

Alzo le spalle. "Mi dispiace, sono la persona sbagliata a cui chiedere. Non sono mai stata negli Hamptons e non mi piacciono molto i diamanti."

Juliet mi guarda come se fossi pazza. "Oh, sei impossibile!"

"Tutto sommato, penso che sia stato un ottimo primo giorno, no?" Mi chiede Juliet mentre si spoglia. Sono già sdraiata sul letto, guardando il mio telefono.

"Potrebbe essere andata meglio." Alzo le spalle. "Ma tu e Dylan mi piacete."

Lei ride. "Non so come sia Hudson. È difficile da leggere. Che tipo è?"

Mi prende alla sprovvista. Non so cosa dire.

"Lo conosci molto bene, no? Mi stavo solo chiedendo. Sembra tranquillo." Indossa un paio di pantaloni del pigiama blu e una canotta, poi si arrampica sul letto.

"Non lo so, davvero. Non so più chi sia," dico. So che sta aspettando che io continui. Quindi, mi prendo un momento per considerare la domanda.

"No, non è molto tranquillo. Affatto. È arrogante e saccente. È testardo. Non so perché sembri tranquillo. Beh, no. Lo so, è per colpa mia. Sicuramente non si aspettava nemmeno lui di trovarmi qui."

"Allora, cosa è successo tra voi due? Dimmi tutto."

Ci vorrebbe un'intera notte per dirle tutto.

"Eravamo amici d'infanzia. Migliori amici, a dire la verità. Per molti anni. Poi, in quarta superiore, abbiamo finalmente iniziato a frequentarci. C'era questa cosa che si stava accumulando dentro di noi da alcuni anni. Ci dicevamo tutto. Andavamo ovunque. Avevo una cotta per lui da sempre. Poi in quarta superiore mi ha baciata all'improvviso e tutto è andato al suo posto.

"Siamo usciti per due anni. È stato difficile. La sua famiglia si è trasferita a San Francisco l'anno prima del nostro ultimo anno perché suo padre ha ottenuto un lavoro davvero redditizio in una start-up di tecnologia dell'istruzione."

"I suoi genitori lo hanno fatto trasferire il suo ultimo anno? Deve essere stato difficile!"

"Sì, lo è stato. Inizialmente, sarebbe rimasto con un amico, ma non ha funzionato. Ma ha due fratellini, sono alle elementari. Quindi, non è solo lui che i suoi genitori hanno dovuto considerare."

"Allora, cos'è successo?"

"Beh, abbiamo deciso di continuare la nostra relazione. A distanza. È tornato per Natale e poi per tutta l'estate. È rimasto a casa di un amico."

Smetto di parlare e guardo il soffitto. È un vecchio soffitto e mi ricorda il tipo di soffitti che hanno nei motel. Non potrei andare oltre. Non sono pronta, ma Juliet vuole saperne di più.

"E poi?" Chiede. La guardo. È sdraiata a pancia in giù con le braccia avvolte intorno a uno dei dieci cuscini che ha ammucchiato sul suo letto. È in tensione. Provo a stringere le cose.

"A dire il vero, non lo so davvero, Juliet. Ho pensato che fosse tutto a posto. Sembrava tutto a posto. Poi un giorno è venuto da me e mi ha detto che dovevamo parlare. Abbiamo parlato e parlato. Per circa sei ore, e per tutto il tempo non avevo idea che ci stessimo lasciando. Non proprio. Mi sembrava piuttosto di aiutarlo con qualcosa. Come se si sentisse insicuro o perso e io fossi lì per sostenerlo. Per un paio d'ore, ho pensato seriamente che stessimo parlando dei suoi problemi con sua madre. Ma poi, alla fine, ha detto che pensa di aver bisogno di spazio. Di tempo per capire le cose. Vuole essere solo."

"Allora, come siete finiti nella stessa scuola?"

"Volevamo andare a New York da sempre. È sempre stato il nostro sogno. Abbiamo fatto domanda sia per la Columbia che per la New York University. Quando entrambi siamo entrati alla Columbia, eravamo al settimo cielo. Non c'era dubbio, davvero. Quando abbiamo rotto, non pensavo che fosse giusto cambiare idea a riguardo. Mi sono detta che è una città enorme. Un grande campus. 30.000 studenti. Non c'è modo di incontrarlo. Non sapevo che in realtà mi sarebbe stato assegnato il fardello di vivere con lui."

All'improvviso, inizio a ridere. Juliet si unisce a me. L'intera situazione è così tragica che in realtà è comica.

CAPITOLO SETTE

I MIEI GENITORI se ne sono andati due giorni fa.
L'addio è stato molto più triste del previsto.
Almeno per mia madre. Mia mamma è una
donna che piange raramente. È una persona così
positiva che ha addirittura partecipato a una di
quelle sfide di gratitudine online, l'anno scorso, in
cui tutti i giorni del mese scrivi biglietti di
ringraziamento a varie persone della tua vita per
tutte le cose di cui sei grato. Mia madre guarda
sempre il lato positivo delle cose o almeno ci
prova, ma dirmi addio è stato davvero duro
per lei.

Avevo promesso di chiamare e inviare messaggi
ogni giorno e abbiamo promesso di vederci su

Skype almeno una volta alla settimana. Sembrava che questo la facesse sentire un po' meglio e mi rendeva felice. Non mi piace vedere mia mamma triste.

Con mio padre, d'altra parte, è stato molto più facile dirsi addio. Non è che non siamo vicini; è solo che le cose sono più complicate tra noi. È una persona molto irreggimentata, che non sopporta facilmente gli sciocchi. A volte penso che lui pensi che io sia pazza per le scelte di vita che sto facendo. Soprattutto quando dice cose del tipo: "Perché sto spendendo cinquantamila dollari per un'istruzione che puoi ottenere gratuitamente con una tessera della biblioteca?"

Non c'è risposta a questo. No, ci sono molte risposte valide. Un'educazione umanistica ti insegna a pensare. Ti insegna a ragionare. Come prendere decisioni. Ho provato a dirlo in numerose conversazioni. Risultato?

"Se un'educazione umanistica ti insegna come pensare, perché non ti è chiaro che hai bisogno di specializzarti in qualcosa che ti darà un modo per sostenerti, in futuro? Voglio dire, cosa hai intenzione di fare dopo esserti laureata in lingua inglese? Servire il caffè in un bar?"

Questa è stata solo una delle brillanti gemme di saggezza che ho sentito in una delle nostre milioni di conversazioni sull'argomento. Per qualche ragione, la mia laurea al college è stata argomento di conversazione per oltre quattro anni della mia vita. Anche prima di iniziare l'università.

Mia mamma sostiene che dica quelle cose perché gli importa. Ma se gli importa così tanto, perché non mi supporta semplicemente nel perseguire i miei sogni? Questo è quello che fanno le persone a cui importa davvero.

"Ehi, Alice?" Dylan mi picchietta sulla spalla. Sono in fila per ottenere il mio badge studente. Avrei dovuto prenderlo prima, ma ho rimandato per due giorni cercando di evitare di imbattermi in Hudson.

Dylan è incredibilmente bello, con labbra morbide e piene. È ancora più sexy alla luce del giorno.

"Non ti vedo da due giorni. Siamo coinquilini o cosa? Mi mette le braccia attorno alle spalle e mi dà un grande abbraccio. È caldo e delicato, ma anche forte. Sicuramente si allena in palestra.

"Sì, scusa." Guardo per terra. Non so come spiegare cosa sta succedendo.

"Hudson, vero?" Chiede. È sorprendente il sollievo che puoi provare quando qualcosa di così complicato e contorto viene improvvisamente riassunto in due parole.

Alzo le spalle. Distolgo lo sguardo. Sono imbarazzata.

"Ascolta, non ha niente a che fare con te. Mi piacerebbe uscire un giorno o l'altro. Ma Hudson... è ancora molto strano per me."

"Il prossimo!" qualcuno urla in lontananza.

"Penso che sia tu." Dylan sorride.

"Oh, merda, hai ragione." Sono sfinita. Volevo guardarmi allo specchio prima che fosse finalmente il mio turno. Non riesco a credere di aver aspettato due ore in questa stupida fila e ora non sono nemmeno pronta. Non ho abbastanza eyeliner e le mie sopracciglia sono probabilmente tutte in disordine.

"Sei bellissima," mi rassicura Dylan, come se sapesse cosa sto pensando.

Beh, speriamo bene. Faccio un respiro profondo, gli faccio un largo sorriso e mi siedo sulla sedia di fronte alla telecamera.

"Sorridi," dice la donna e fa clic sul flash prima che io abbia la possibilità di sfoggiare il mio miglior falso sorriso.

"Guarda. Hai solo una seconda possibilità."

Cammino verso lo schermo. Sembro uno di quegli scimpanzé in un documentario sulla fauna selvatica con un grande sorriso a bocca aperta che sembra la cosa più costruita del mondo. Il sorriso mi fa sembrare terrorizzata.

"Un'altra, per favore."

Concentrati, concentrati, Alice. Non essere così. Pensa a qualcosa di bello. Cerco un'immagine divertente di un cane o di un gatto da un video di YouTube, ma non mi viene in mente nulla. Improvvisamente, guardo dietro il fotografo e vedo Dylan. È ancora qui. Mi fa un sorriso e non posso fare a meno di ricambiare.

Il fotografo scatta. Quando guardo sullo schermo, sono sbalordita. È uno dei sorrisi più genuini che io abbia mai fatto in foto.

CAPITOLO OTTO

Dylan mi invita fuori a pranzo. Non ho lezione per un'altra ora, quindi andiamo in un ristorante di sushi ad un isolato di distanza dal campus. Uno dei vantaggi di andare a scuola a New York.

All'inizio, parliamo del liceo e delle nostre vite. Sua zia e suo zio vivono a Los Angeles ed è stato lì alcune volte. Gli chiedo di Worthington, il collegio elegante in cui è andato negli ultimi tre anni. Crescendo, andare in un collegio era stato un mio sogno. Non è che volessi allontanarmi dai miei genitori o crescere prima del dovuto. Mi piaceva solo l'idea dell'indipendenza che ne derivava. Vivere con dei coinquilini. Essere responsabili del proprio bucato. Vivere alle proprie condizioni. Tuttavia, in un ambiente sicuro, con altri ragazzi. Condivido il mio sogno con Dylan. Lui ride.

"Non è proprio così," dice. "Voglio dire, devi essere molto indipendente, ma è un po' diverso quando senti che i tuoi genitori ti hanno spedito lì perché si sono stancati di te."

"Veramente? No, non può essere vero." Scuoto la testa. "Sono sicura che i tuoi genitori ti adorano."

"Beh, a differenza tua, non volevo davvero andarci. Mi piacevano i miei amici e i miei insegnanti nella scuola privata vicino a casa nostra, ma i miei genitori stavano divorziando e mio fratello era già a Dartmouth. Mio padre aveva una nuova compagna e mia madre stava avendo un crollo. Non credo che mi volessero intorno. All'inizio ho protestato e hanno ceduto. Ma poi, quando mia madre è andata in riabilitazione per due mesi, non c'era nessuno a casa per stare con me. Quindi, mio padre ha pensato che sarebbe stato meglio mandarmi in collegio."

"Mi dispiace," dico e gli metto una mano sul braccio.

"Va tutto bene. Problemi per bambini ricchi, no? Sto bene. Onestamente, non ne avrei nemmeno parlato. Non lo faccio mai. Solo non volevo che tu avessi l'idea sbagliata di come fosse il collegio."

"Beh, a dire il vero, non mi hai davvero detto niente di negativo sui collegi. La tua storia parlava di genitori che vogliono mandare i loro figli in collegio," scherzo e sorrido. Ci vuole un po', ma lo fa anche lui.

"Beh, ad essere sincero con te, i collegi hanno i loro vantaggi."

"Oh, sì, ad esempio?" Mi sposto sul bordo della sedia.

"Beh, puoi uscire con le ragazze, uscirci davvero."

"Ci sono dormitori misti?" Chiedo.

"No, ma è comunque fantastico. Dormono in un altro edificio, ma sono nel campus. Lontano da casa. Quindi, se incontri qualcuno di speciale, puoi sgattaiolare fuori di notte e uscire insieme. Non c'è bisogno di rubare la macchina dei tuoi genitori o qualcosa del genere, quello che fanno i ragazzi delle scuole pubbliche."

Rido. Arriva il conto. Insiste per pagare. Non mi permette nemmeno di guardarlo. Insisto per un po', ma alla fine cedo.

"Ehi, ascolta, volevo parlarti di qualcosa. Volevo solo farti sapere che ho capito tutto su Hudson."

Sudo freddo.

"Cosa intendi?"

"Ho capito che è il tuo ex e che è davvero imbarazzante averlo come coinquilino. Ma sai, questo non significa che tu non abbia il diritto di stare in salotto."

"Sì, lo so. Non ci sono ancora riuscita."

"Lo so, ma il fatto è che lui è lì. Non si comporta come se non dovesse essere lì e voglio che anche tu lo faccia. Non puoi semplicemente passare tutto il primo semestre evitandolo. Che tipo di esperienza universitaria sarebbe?"

Alzo le spalle. Non ho pensato a come avrei passato l'intero semestre. Finora ho vissuto ora per ora.

"Non va bene, questo è sicuro." Lui mostra il suo bel sorriso. "Quindi, voglio solo che tu sappia che posso essere il tuo cuscinetto. Cercherò di uscire il più possibile in salotto così che non sarai sola."

"Wow, non so cosa dire. Grazie."

"Ma lo farò solo se mi prometti che sarai lì dopo cena, stasera. Non ti è permesso usare la scuola come scusa."

Mi piace il modo in cui scherza. Non è malevolo e non insulta nessuno. Il suo calore mi mette a mio agio a tal punto che in realtà mi permetto di immaginare come potrebbe essere uscire in salotto con Hudson.

"Okay," borbotto. "Ci proverò."

"No, promettimi che lo farai. Non puoi solamente provarci."

"Prometto," dico dopo un po'. Non appare nessun sentimento di persistente rimpianto. È una promessa onesta.

"Perché ti importa così tanto?" Chiedo mentre torniamo al campus.

"Perché sembri una ragazza simpatica. Una coinquilina simpatica. Non voglio perderti solo perché uscivi con qualcuno, tempo fa."

Questo è sicuramente un modo dolce di dirlo. Sono stata così immersa nella mia testa su tutta questa faccenda di Hudson, tutta quest'altra entità che eravamo diventati mentre eravamo insieme, che non mi rendevo conto che tutta questa esperienza potesse essere descritta solo con un "uscivo con qualcuno, tempo fa." Metterlo in questo modo mi dà un'altra prospettiva. Forse, dopo tutto, non è un grosso problema. Forse non dovrei farne un grosso problema.

La mia lezione di Letteratura Americana inizierà presto. Non so di preciso dove sia Hamilton Hall, quindi inserisco la posizione nell'app sul mio telefono. Dylan ha Civilizzazione Americana e Guerra Civile nello stesso edificio nello stesso momento. Seguiamo le istruzioni dell'app, incollati al mio telefono, come tutte le altre matricole.

"Ragazzi, devo imparare un po' meglio la mappa

del campus prima di questo fine settimana," dice Dylan quando finalmente raggiungiamo l'edificio. "Non voglio sembrare un totale idiota."

"Perché? Cosa c'è questo fine settimana?"

"La mia ragazza verrà a trovarmi."

"Oh, hai una ragazza?" Scherzo. Non che dovrebbe importare, davvero, ma sono presa alla sprovvista.

"Sì, ho una ragazza." Lui sorride. "Peyton. Va alla Yale. Ci siamo conosciuti a Worthington l'anno scorso."

"Quanto dista la Yale da qui?"

"Circa due ore in macchina, a seconda del traffico, ma prenderà il treno. Quindi, saranno circa tre ore."

"Ah, non posso credere che tu abbia aspettato tutto il pranzo per dirmelo. Ora ho così tante domande e devo andare in classe," dico, guardando il mio telefono. "Allora, com'è?"

"Lei è fantastica. Divertente. Estroversa. Si sta specializzando in Scienze Politiche. Vuole lavorare nel governo. Fa molto volontariato. Ha persino iniziato la sua fondazione, al liceo."

"Wow, è impressionante. Sembra incredibile."

"Sì, lo è," dice, raggiante. "E non vede davvero l'ora di incontrare tutti, inclusa te."

Sorrido e prometto che ci sarò. Mi dà un breve abbraccio e sparisce nella sua classe. Cammino lungo il corridoio fino alla stanza 101.

CAPITOLO NOVE

Apro la porta di una grande aula. In qualche modo, sono in ritardo. Tutti gli altri sono già seduti in un semicerchio a più livelli davanti a delle lavagne. Alcune persone si girano a guardarmi mentre scendo. Trovo un punto nel mezzo. Non troppo vicino alla parte anteriore e non troppo lontano nella parte posteriore.

Quando metto la mia borsa sul pavimento, alzo lo sguardo e trovo una piccola donna magra con grandi occhi di disapprovazione puntati su di me.

"Mi dispiace, sono in ritardo," dico.

"Vorrei solo renderla consapevole del fatto che in futuro la porta della stanza sarà chiusa a chiave e non saranno tollerati ritardi."

Abbasso lo sguardo sul programma che ha messo sul mio banco e leggo il suo nome.

La dottoressa Polk ritorna di nuovo alla cattedra. Dietro di me, due ragazze ridacchiano.

"Dove pensi che abbia preso la sua camicia di cachemire?" Una sussurra.

"Solo il cielo lo sa. Oh, e che dire di quelle scarpe disastrose? Che schifo."

Spero che la dottoressa Polk non le ascolti mentre cerco di concentrarmi su ciò che sta dicendo.

"Molti di voi sono qui perché sono sinceramente interessati a leggere alcuni dei migliori libri del XX secolo. Libri come *Il Grande Gatsby*, *Il Buio Oltre la Siepe*, *Catch 22*, *1984* e *La Casa della Gioia*. Per tutti gli altri che non sono interessati, francamente, non so davvero perché siate qui. Questa è una scelta facoltativa e spero che non perderete il mio tempo o il vostro a seguire un corso che non vi interessa.

"Inoltre, come molti di voi sanno, si tratta di un corso del secondo anno, che solo recentemente è stato aperto agli studenti del primo anno," continua la dottoressa Polk. "Non vi consigliamo di seguirlo a meno che non siate pronti a lavorare sodo. Questo vale per tutti voi, ma in particolare voi matricole."

Le ragazze dietro di me ridacchiano con il laissez-faire di studenti del secondo anno. Sono qui da un anno intero e apparentemente non si sentono minacciate da dichiarazioni del genere. Sfortunatamente, io non sono così a mio agio. Forse sono nella classe sbagliata. Solo perché andavo molto bene al liceo non significa che il college sarà un gioco da ragazzi. Soprattutto questo college. Soprattutto questo corso.

La dottoressa Polk inizia a esaminare il programma e presenta i libri che leggeremo quest'anno. Ho letto la maggior parte di questi libri al liceo. Alcuni solo per divertimento, altri per la scuola. All'improvviso, le porte dei recessi della mia mente si aprono e ogni sorta di pensieri e ricordi indesiderati si precipitano dentro.

Il Buio oltre la Siepe. L'ho letto per inglese, in terza media. La nostra insegnante, la signora Danes, ci ha permesso di scegliere i nostri posti e Hudson e io ci siamo seduti uno accanto all'altro. La signora Danes era una di quelle insegnanti progressiste, non gerarchiche, a cui piaceva sfidare il patriarcato in ogni istante, quindi aveva sistemato tutti i banchi nella stanza in un cerchio in modo che tutti potessimo vederci mentre parlavamo. In un cerchio, non c'è nessun posto dove nascondersi, le piaceva dire. Attendevo con impazienza quella lezione ogni giorno, non solo perché amavo l'inglese, ma anche perché mi sedevo accanto a Hudson. Ci sono stati tutti questi momenti prima dell'inizio delle lezioni in cui abbiamo scherzato e riso e tutti questi momenti dopo le lezioni. A volte mi accompagnava alla mia lezione successiva, a volte al mio armadietto e, una volta, mi ha baciata. Mi aveva accompagnata fino al mio armadietto e aveva atteso che cambiassi i libri.

"Allora, volevo chiederti, com'è ancato il tuo appuntamento?" Aveva chiesto. Lo aveva sentito. Ovviamente. Ero andata ad un appuntamento con un ragazzo più grande che non faceva la nostra scuola, il fratello di un nostro amico.

"Bene." Ho sorriso. Stava cercando di essere rilassato. Come se lo stesse solo chiedendo per curiosità, ma era un po' arrossito. Non come il solito sé.

"Mi stavo solo chiedendo," aveva detto piano, mentre si avvicinava a me. La sua faccia era a pochi centimetri dalla mia. I suoi occhi brillavano alla luce del sole. Si era leccato le labbra e le aveva premute contro le mie. Leggermente, inizialmente e poi con forza. Mi aveva messo una mano sulla nuca, avvicinandomi.

"Mi stavo solo chiedendo se potessi *non* farlo di nuovo?" Aveva sussurrato.

Quello è stato il nostro primo bacio. Primo, vero bacio. Quella notte uscimmo insieme e non vidi mai più quell'altro ragazzo.

La dottoressa Polk passa a *Il Giovane Holden*. Un altro libro che ho già letto. Ho iniziato *Il Giovane Holden* la notte dopo che Hudson si è trasferito ad agosto del nostro ultimo anno. Per i primi due giorni, ero in completa frenesia. Ho fatto un milione di cose per distogliere la mente dal fatto che non avrei visto il mio ragazzo per cinque mesi. Ho scritto, ho fatto un sacco di compiti di matematica, sono andata a correre due volte al giorno. Non importa cosa facessi, non riuscivo a smettere di pensare. Non riuscivo a farmi stare meglio. Quindi, poi mi sono fermata. Ho rinunciato. Sono solo andata a letto e non ne sono uscita per giorni. Non sapevo cos'altro fare con me stessa. Stavo affogando nella rabbia e la mia rabbia mi faceva sentire come se tutto il mondo fosse falso, inclusa me. Fu allora che iniziai a sognare di camminare per le strade di New York, proprio come Holden Caulfield, in uno stato di confusione alla ricerca di qualcosa, ma sicuramente non una prostituta (come lo era Holden).

"Per ora è abbastanza," la dottoressa Polk interrompe i miei pensieri. "Guardate tutto il programma. Decidete se questo corso fa davvero per voi. Se così fosse, andate a comprare tutti i libri e iniziate a leggere *La Casa della Gioia* per la lezione di giovedì."

Aspetto che suoni la campanella, ma questo è il college. Non ci sono campanelle. Tutti semplicemente si alzano e se ne vanno e io li seguo fuori. Se solo mio padre sapesse che devo leggere libri, per questo corso, che ho già letto negli ultimi due anni. Questa volta, tuttavia, la sua probabile risposta mi fa ridacchiare.

CAPITOLO DIECI

QUESTO SARÀ uno di quei momenti decisivi che potrebbero cambiare il corso della mia vita. Posso sentirlo gorgogliare dentro di me. Quello che farò dopo definirà davvero il resto del semestre.

Dopo aver preso qualcosa da mangiare in mensa, pulisco il vassoio e torno di sopra. Avevo promesso a Dylan qualcosa che non avevo il diritto di promettere, qualcosa che non volevo fare. Gli avevo promesso che sarei entrata in salotto, stasera, e sarei uscita con loro. Tutti loro. Non sembra molto, a primo impatto. Sono i miei coinquilini. Sono tutti persone simpatiche e amichevoli. Nessuno di loro mi morderà.

Soprattutto la persona di cui sono più preoccupata.

Hudson. Sarà tranquillo e riservato. Proprio come prima. Lo so perché conosco Hudson, ma questa è la cosa che mi spaventa. Non è il vero Hudson. Quando si comporta in quel modo, quando finge di essere questa persona calma e senza pretese che sta sulle sue, beh, è allora che so che non è sincero. Un falso. Uno sconosciuto.

Ma comunque, chi sto prendendo in giro? È praticamente un estraneo in ogni caso.

Mi guardo allo specchio. Una ragazza timida e fragile mi fissa. I miei occhi sembrano vuoti, persino svampiti, e ho già delle occhiaie. Per Dio! Non sono a scuola nemmeno da una settimana e sono già un gran casino.

Metto un sostanziale strato di fondotinta. Mi trucco gli occhi con l'eyeliner nero. Un pizzico di ombretto scuro. Coloro un po' le mie sottili sopracciglia e capovolgo i capelli per dargli un po' di volume. Come diavolo ho fatto ad andare in giro così tutto il giorno? Ho dimenticato di truccarmi questa mattina? Veramente?

Mi guardo di nuovo allo specchio. Molto meglio, ma manca qualcosa. Oh sì, certamente. Rossetto. Bombay Funk è un colore rosso opaco e scuro, che completa il look. Ora sono pronta. Almeno, più pronta possibile. Il trucco è la mia maschera. Mi dà forza. Qualcosa dietro cui nascondermi. È la mia pittura di guerra.

Faccio un respiro profondo ed entro sul campo di battaglia.

DYLAN È DISTESO sul divano con un paio di pantaloni di flanella e una maglietta bianca, che accentua il suo fisico tonico. È molto sexy. *Concentrati solo su quello*, mi dico. Juliet è in piedi accanto ai fornelli con un ragazzo che non avevo mai visto prima. Lo presenta come Brandon, della sua classe di recitazione. Hudson è seduto al tavolo della sala da pranzo, mangia cereali con una mano e usa il telefono con l'altra. Quando entro, mi fa un breve cenno del capo e torna rapidamente al suo telefono.

"Quindi, durante il corso di recitazione, ci fanno fare questi esercizi di respirazione," Juliet inizia a parlare. Quello che ho imparato su Juliet nel nostro breve periodo in cui siamo state coinquiline è che non crede nei preamboli. Juliet inizia semplicemente nel mezzo di una conversazione, scommettendo sul fatto che tutti gli altri raggiungeranno il suo treno di pensieri. In questo caso, succede.

"Sono così strani, vero Brandon?"

Le braccia di Brandon sono strette attorno al suo busto. Le sue labbra scivolano su e giù per il suo collo. Da quanto tempo si conoscono?

"Brandon?" Juliet lo mette da parte scherzosamente. "Hai sentito cosa ho detto?"

"Sì, sì," dice, avvicinandola. Ha una voce calma e profonda. Molto sexy. "Sono strani. Mi fa sentire come se stessi attraversando un travaglio."

"Oh, sì, e come faresti a sapere com'è?"

Brandon si stringe nelle spalle e si nasconde nel petto di lei. Juliet inclina la testa indietro per il piacere e poi mi fa un sorriso.

"Cosa stai cucinando?" Chiedo.

Durante tutto questo cortese spettacolo, Juliet continua a mescolare qualcosa nella pentola sul gas.

"Sto cucinando marshmallow per tutti."

Annuisco, come se fosse una cosa perfettamente normale cucinarli sul fornello.

"Oh, e sai cos'altro, Alice? Senti qui. Il mio compito per la lezione della prossima settimana è scrivere un biglietto di ringraziamento."

"Un biglietto di ringraziamento? Rivolto a chi?"

"Rivolto a chi?" Brandon solleva la testa dal seno di Juliet per prendere in giro la mia grammatica corretta.

"A chiunque. È una sorta di esercizio di gratitudine. L'insegnante è questa donna new age. Quindi, dovremmo scrivere un biglietto di ringraziamento, su un vero biglietto e tutto il resto, per qualcosa di cui siamo grati. Una persona o una cosa. Dovrebbe renderci più presenti nella vita reale o cose del genere."

Mi guardo intorno nella stanza e mi chiedo cosa penserebbe l'insegnante di Juliet di quanto tutti

noi siamo presenti in questo momento. C'è Dylan
sul divano, incollato a SportsCenter e alla loro
analisi di ciò che è accaduto nel mondo degli
sport professionistici. C'è Hudson, che ha
mancato di portarsi in bocca il cucchiaio di
cereali in un paio di occasioni perché è troppo
impegnato a guardare qualcosa online. Poi c'è
Juliet, che sta portando il multitasking a un
livello completamente nuovo. Ha un ragazzo che
le bacia il collo e che la solletica mentre sta
cucinando marshmallow e mi sta parlando della
sua insegnante. Poi ci sono io. Non sto davvero
facendo nulla, ma non sono nemmeno presente.
Sono un'osservatrice che non è nel presente più
di tutti gli altri.

I dolci sono finalmente pronti. Juliet ha sciolto i
marshmallow tra i cracker e il cioccolato. Hudson
ha finito i suoi cereali e mette il piatto nel
lavandino della cucina.

"Ne vuoi uno?" gli chiede lei. Lui annuisce.
Gliene dà due.

"Dai questo ad Alice," dice.

Mi alzo dal divano quando sento il mio nome e guardo Hudson che prende in mano i dolci e si fa strada. Ma poi succede qualcosa.

"Oh merda!" Esclama. I marshmallow sono sul tappeto, con la crema di cioccolato che esce dai lati.

"Non preoccuparti. Ne sto facendo altri."

Mi abbasso accanto a lui per aiutarlo a ripulire. Con attenzione, tiriamo via i cracker assieme alla maggior parte dello zucchero dal pavimento.

"Wow, sono bollenti!" Dico.

"Certo che sono bollenti," grida Juliet. "Erano sulla padella, geni!"

Il suo tono mi fa sentire come se fossimo nei guai e stesse per chiamare i nostri genitori per un incontro genitori-insegnanti. Guardo Hudson e, dopo un momento, entrambi scoppiamo a ridere.

HUDSON e io non siamo stati in grado di togliere dal tappeto tutto lo zucchero rimanente. Più ci

provavamo, più si disintegrava e più il punto
diventava appiccicoso. La mattina seguente,
mentre cammino verso il lavandino della cucina,
la mia scarpa si attacca un po' nel punto in cui si
trovava il malanno. Fare un passo in questo
punto mi fa sorridere comunque. È stato qui che
le cose tra Hudson e io hanno iniziato a sembrare
normali ed è stato qui che ho iniziato a sentirmi
come se potessi davvero farcela: l'intera faccenda
di Hudson e io, ex, ma coinquilini.

CAPITOLO UNDICI

PRIMA DELLA MIA prima lezione di stamattina,
vado nel negozio di biglietti d'auguri sulla
Riverside Drive e mi compro un pacchetto di
biglietti di ringraziamento. Ho pensato molto al
compito di gratitudine di Juliet e ho deciso che
avrei dovuto provarci io stessa. Perché in realtà
ho molto di cui essere grata, ma lo stress della vita
di tutti i giorni rende difficile ricordare davvero
tutte le grandi cose che ho.

Mi siedo sulla panchina fuori dalla cartoleria con
una tazza di tè e apro uno dei biglietti.

La mia mente si svuota. Avevo tutti questi
pensieri che mi turbinavano nella testa ieri sera e
stamattina. Non vedevo l'ora di avere in mano

uno di quei biglietti. Ora che sono pronta, con la penna in mano e tutto, non mi viene in mente nulla. Capovolgo il biglietto. Piccole nuvole gialle e fiori blu abbelliscono la copertina. Sono disegnati in un modo stravagante, con uno stile da cartone animato che mi fa sorridere. Quando apro di nuovo il biglietto e fisso lo spazio bianco all'interno, ancora non mi viene in mente nulla.

Okay, Alice. Devono esserci cose per cui sei grata.

Qualcosa.

Qualsiasi cosa.

Prendo il telefono. Cerco "come scrivere un biglietto di ringraziamento" su Google e scopro una serie di consigli sulla corretta etichetta dei biglietti di ringraziamento. Non è esattamente quello che sto cercando.

"Come tenere un diario di gratitudine." Un po' più appropriato. Seguono pagine di consigli.

Non limitarti a seguire la corrente. Cerca profondità. Apriti agli altri. Assapora le sorprese. Non esagerare.

Sicuramente buoni consigli, ma non sono ancora vicina a sapere cosa io debba dire.

Okay, Alice. Qual è lo scopo di tutto questo? Lo scopo è costringermi ad accettare alcune delle cose buone della vita che altrimenti darei per scontate, ma cosa significa?

La mia mente serpeggia e si ferma sull'unica persona su cui si è concentrata nelle ultime tre settimane.

Hudson. Ancora. Fottuto Hudson.

Sono arrabbiata con lui per essere qui. Per essere il mio coinquilino. Per aver complicato questa folle esperienza del mio primo semestre di college. Come se l'intera faccenda non fosse stata abbastanza complicata.

E se ci fosse un altro modo di vedere la cosa? E se invece di concentrarmi su Hudson, il mio ex ragazzo e la sua scomoda presenza nella mia vita, potessi vedere il tutto sotto una luce diversa?

Apro di nuovo il biglietto.

.   .   .

CARO HUDSON,

*Grazie per essere qui alla Columbia con me.
Meno di due settimane fa mi hai spezzato il cuore
in mille piccoli pezzi. Ti amavo da due anni e sei
stato il mio migliore amico per cinque. Quando ci
siamo lasciati, non potevo immaginare la mia vita
senza di te. Ho pensato che ti avrei amato per il
resto della mia vita, anche se non avrei mai voluto
rivederti.*

*Poi, meno di una settimana fa, sono arrivata a
scuola e ho scoperto che eri uno dei miei
coinquilini. Volevo allontanarmi da te, ma non
perché ti odiassi (lo capisco solo ora). Volevo
andarmene perché non avrei mai pensato di poter
superare il tutto. Mi sentivo come se tu stessi
invadendo la mia vita. Una parte di me la pensa
ancora così, ma ogni giorno i miei sentimenti per
te, quei brutti e spiacevoli, svaniscono sempre di
più. Quindi, ti scrivo questo biglietto perché
voglio ringraziarti. Voglio ringraziarti per essere
qui ed essere il mio coinquilino, anche se
probabilmente è l'ultima cosa che volevi.*

*Inoltre, voglio ringraziarti per aver rotto con me.
Sono ancora addolorata, ma più passano i giorni,*

più mi rendo conto che la nostra rottura è stata l'inizio di qualcosa di nuovo per me. Se fossimo ancora insieme, non avrei l'opportunità di vivere la vera esperienza del college. Quella in cui esco con i miei amici, flirto con ragazzi, incontro qualcuno di speciale.

Forse è inutile sperare che le cose tra noi diventino meno strane e che in un prossimo futuro possiamo effettivamente essere amici, ma tu mi conosci; Sono come una ventosa per i perdenti.

Spero che tu abbia un ottimo semestre e una bella vita. Spero che trovi quello che stai cercando e che tutti i tuoi sogni diventino realtà. Grazie per essere stato una persona così importante nella mia vita fino a questo punto.

CON TUTTO IL MIO AMORE,

Alice

Chiudo il biglietto. Non riesco a credere di aver scritto tutto ciò. Le parole mi sono semplicemente uscite da dentro e ho dovuto rileggerle per sapere davvero cosa ho scritto. Non riesco a credere quanto sembri gentile. È tutto vero? Mi chiedo. È fuoriuscito da me come un flusso, come se una sorta di musa mi stesse guidando la mano, quindi deve essere vero. Nessuna verità è mai stata raggiunta attraverso un'analisi eccessiva. Sono le cose che facciamo e pensiamo d'impulso, con le nostre menti subconsce, che sono veramente vere, o almeno così sostengono alcune persone. Penso che abbiano ragione.

CAPITOLO DODICI

A MIA INSAPUTA, tutto il nostro piano è occupato da una festa, quel venerdì. Sono tornata a casa subito dopo la mia lezione delle due, mi sono messa il pigiama e ho deciso di guardare Netflix fino a sembrare uno zombie, finché non mi avessero chiesto se fossi ancora lì o no. Alle sette di quella sera, il mio programma è stato sabotato. La musica e le voci sono diventate così forti, fuori dalla mia porta, che non ho altra scelta che avventurarmi fuori.

Riluttante, mi tolgo il comodo pigiama di flanella e mi infilo di nuovo i miei jeans attillati, rimpiangendo di aver bevuto tutta quella soda

durante la mia improvvisata sessione di
nullafacenza.

"La regola è quella di non iniziare a non fare
nulla fino a quando non sai per certo che puoi
passare tutta la notte a farlo," dico sottovoce.
"Altrimenti, rischi di dover rimettere trucco e
abiti scomodi e di dover comportarti di nuovo
come un essere umano senza una preparazione
adeguata."

Argh, questi stupidi jeans sono più stretti che
mai. Afferro i passanti per la cintura e li tiro più
in alto sul sedere. Per l'amor del cielo, questa
mattina mi stavano.

Improvvisamente, la porta si spalanca e Juliet e
una strana ragazza che non ho mai visto mi fanno
sobbalzare. Mi allontano da loro. Juliet ride
istericamente.

"Peyton, questa è la mia compagna di stanza,
Alice," mi presenta quando riprende fiato.

Mi sistemo la maglia e stringo la mano di Peyton.

"Piacere di conoscerti." Peyton annuisce. Peyton
ha grandi occhi castani che la fanno sembrare

come un cerbiatto. Ha lunghi e folti capelli castani e labbra carnose. Sembra una di quelle ragazze meravigliose, ma per qualche ragione non sembra saperlo davvero. Guardandola, ho la strana sensazione di conoscerla da tutta la vita.

Juliet si sistema il trucco. Mi siedo sul letto per indossare un paio di stivali. Peyton continua a rimanere sulla soglia.

"Ecco, siediti. Mi dispiace che la stanza sia un tale casino," dico.

"Sì, mi scuserei anche io, ma è quasi sempre così," dice Juliet. Ho sempre pensato di essere una ragazza disordinata, e rispetto alle mie sorelle maggiori e mia madre, lo sono. Tuttavia, Juliet prende l'essere disordinata a un altro livello. L'altra sera, è salita sul letto e ha dormito sotto un'enorme pila di vestiti invece di spostarli sulla sedia o, Dio non voglia, nell'armadio.

"Allora, sei la ragazza di Dylan, eh?" Chiedo.

"Sì." Lei annuisce timidamente.

"Peyton, dalla Yale," interviene Juliet. Deve essere una specie di scherzo a cui non ho fatto parte.

Peyton sorride, a disagio. Chiaramente, non ha bevuto tanto quanto Juliet.

"Ho sentito che hai avviato una sorta di fondazione. Questo è quello che ha detto Dylan," dico.

I suoi occhi si illuminano.

"Oh, te l'ha detto? Sì, a mia madre è stata diagnosticata la sclerosi multipla quando ero in terza media e non sapevo come aiutarla o cosa fare con i miei sentimenti riguardo all'intera faccenda. Quindi, mi ha suggerito di dare il via a questa fondazione. Raccogliere soldi per la ricerca sulla sclerosi multipla."

"Wow, è impressionante."

"L'anno scorso ho ospitato il mio primo galà e siamo stati così fortunati da raccogliere $100.000."

Cento mila. È impressionante. Guardo Peyton mentre continua a parlare dell'importanza della ricerca e dell'informazione riguardo alla sclerosi multipla. Solo una parte di me sta ascoltando. Un'altra parte si sta chiedendo come diavolo sia possibile che abbiamo la stessa età. Questa ragazza ha avviato una fondazione e organizzato eventi per una buona causa e non solo un evento, un fottuto galà. Non saprei nemmeno come iniziare. Non ho mai nemmeno ospitato una festa. Certo, sono stata a molte feste in passato, ma organizzarne una? Che cosa comporta, veramente? Cibo. Bevande. Atmosfera. Il tema giusto. Le giuste bomboniere, le decorazioni.

"Allora, com'è?" Chiedo. "Organizzare qualcosa del genere. Fa paura, giusto?

"Naturalmente. Ma onestamente, posso dirti una cosa? Mia madre è sempre stata una grande figura nella filantropia e nel donare. Organizzava dei pranzi per le sue amiche ogni mese. Crescendo, ho sempre pensato che fossero davvero noiosi. Come se non stesse davvero vivendo la sua vita perché era impegnata ad ospitare feste ed eventi. Non ha davvero avuto una carriera, ma dopo aver organizzato quel gala, quella è stata la prima volta che ho capito quanto lavoro di pianificazione sia davvero necessario e quanto dia soddisfazione quando tutto va bene."

"Sì, posso immaginare." Annuisco, anche se, francamente, non ho idea di cosa stia parlando.

"Vedi, quello che ho scoperto è che un evento è un organismo vivente e che respira. Ha bisogno della giusta combinazione di fattori per avere successo. Il tema giusto, l'atmosfera giusta, l'umore giusto. Tutte queste cose devono essere stabilite prima che qualcuno si presenti. Gli ospiti sono importanti, ma sono principalmente oggetti di scena nel flusso generale delle cose."

Sorrido. "Quindi, hai intenzione di ospitare altre feste di galà nel prossimo futuro?"

"Non se posso evitarlo," dice Peyton scoppiando a ridere.

ALLA FINE, usciamo tutte e tre e ci uniamo alla festa che imperversa di fuori. È molto diversa dall'elegante galà di Peyton. La musica dance arriva dalla stanza di qualcuno, ma il corridoio è così rumoroso che non riesco nemmeno a capire da dove provenga. Il corridoio è pieno di gente. Alcuni in piedi, altri seduti per terra, altri che

ballano, tre che si baciano. Peyton e io
ridacchiamo, inciampando in questi ultimi. Dopo
aver fatto un giro veloce e aver preso un bicchiere
dalla ciotola del punch, torniamo al nostro
appartamento. Qui, la festa sta andando al
massimo. Attraverso il mare di persone, vedo
Hudson e Dylan in cucina, impegnati a versare
bevande e distribuire birre.

"Wow, Grey Goose? Come avete ottenuto della
Grey Goose?" Chiedo a Dylan. L'isola della
cucina è piena di costose bottiglie di alcolici.

"Dylan ha amicizie incredibili," dice Hudson. Dal
modo in cui ondeggia i fianchi, posso dire che ha
bevuto. Un sacco.

"Oh, piccola, vuoi che ti faccia un martini?"
Chiede Hudson. È il mio drink preferito. Bevo
un sorso dal bicchiere che ho preso nel corridoio
e lo sputo. Sa di acqua zuccherata e di una sorta
di alcool che qualcuno potrebbe produrre nella
sua vasca da bagno. Un martini con Grey Goose,
suona bene.

"Piccola? Mi hai sentito?" Chiede Hudson.

Non ero sicura di averlo sentito bene la prima volta, ma ora mi rendo conto di averlo fatto. Mi ha davvero chiamato piccola. Ma che cazzo?

"Sì, certo," dico. Ho davvero bisogno di bere qualcosa, adesso. Guardo Juliet e Dylan, ma entrambi sono troppo presi per accorgersene.

"Stai bene?" Peyton mi si appoggia. Grazie! Almeno, qualcuno sta vedendo cosa sta succedendo.

"Uhm, sì, immagino. Non lo so," mormoro. Hudson mi porge il mio drink.

"Vuoi qualcosa?" Chiedo a Peyton. "Hudson prepara ottimi cocktail."

"Cosmopolitan?" Chiede timidamente.

"Un Cosmo in arrivo!" Dice lui con entusiasmo.

CAPITOLO TREDICI

Mentre Dylan e Juliet cercano di organizzare una partita a beer pong, Peyton e io ci arrampichiamo sulla scala antincendio per un momento di tranquillità. Peyton ha una calma così grande, intorno, che sento il bisogno di aprirmi con lei.

"Quindi, Hudson mi ha chiamato piccola," dico. "Non lo sai, ma è una delle cose che non mi dice da... Non so da quanto."

"Veramente? Perché?"

Le racconto la mia triste storia.

"Allora, cosa pensi che stia succedendo, adesso?" Chiede dopo.

"Non lo so. È ubriaco. È confuso o qualcosa del genere, ma lo ha fatto due volte," dico.

"Vuoi tornare insieme a lui?" chiede.

"No!" Dico un po' troppo in fretta. Mi sento come se stessi cercando di convincerla tanto quanto sto cercando di convincere me stessa. "Non lo so." Alzo le spalle, ammettendo la verità. "Mi ha davvero ferita. Ma non posso mentire. Voglio che mi rivoglia."

Poi mi riprendo.

"Oh mio Dio, mi dispiace così tanto. Ci siamo appena incontrate Non so perché ti stia raccontando tutta queste stronzate."

"No, è okay." Lei sorride. "Le rotture possono essere complicate. Lo so."

"Cosa intendi?"

"Beh, Dylan e io non siamo estranei al concetto di rottura, diciamo solo questo. In effetti, uno dei motivi per cui Dylan non è più autorizzato ad entrare nell'appartamento di suo padre a Central Park è a causa di una delle nostre molte rotture."

"Racconta." Mi chino più vicino e bevo un sorso del mio martini.

"Dylan e io abbiamo avuto una relazione instabile. Niente di terribile, davvero. Solo che a volte siamo entrambi sia impulsivi che folli. Sempre all'erta, immagino. Quindi, quella settimana, si è arrabbiato con me per aver fatto un viaggio con uno dei miei ex. Non voleva che andassi ed io volevo che lo ammettesse, ma non lo avrebbe mai fatto. I dettagli non sono importanti. Ciò che è importante è che Dylan stava con suo padre, quella settimana. Eravamo in vacanza durante la primavera. Non sono sicura di che giorno fosse, ma suo padre aveva un appuntamento con una ragazza. È venuta nel suo appartamento, ma poi il padre di Dylan è stato chiamato per un caso di emergenza a Wall Street e li ha lasciati soli."

"Va bene." Annuisco. Ho un'idea di dove stia andando a parare.

"Beh, quando è tornato a casa, ha visto Dylan fare sesso con lei nel suo letto."

"Dio mio! Che cosa?!"

"Aveva diciannove anni, solo due anni più di Dylan. Studente della New York University. Non aveva mai fatto sesso con il padre di Dylan. Erano al primo appuntamento. Beh, il padre di Dylan si è enormemente incazzato e lo ha cacciato."

"Wow. Non posso credere che l'abbia fatto. E tu?"

Peyton sospira. "Tecnicamente, ci eravamo lasciati."

"Ma comunque," dico, "è stato un po' uno stronzo."

"Sì, credo sia così. Solo che ero così arrabbiata con lui di essere geloso che ho finito per fare sesso con il mio ex. Quindi, non posso davvero lamentarmi."

Annuisco. Non credo.

PEYTON e io finiamo i nostri drink sulla scala antincendio. Quando torna dentro per riempire i bicchieri, rimango fuori per tenere il nostro posto nel caso in cui qualcun altro abbia la stessa idea.

"Wow, sei stata veloce," dico quando sento qualcuno arrampicarsi fuori dalla finestra dietro di me. Non mi giro, ma continuo a fissare il cielo nero. A Los Angeles, le nuvole sono rare e l'inquinamento luminoso non è sempre così presente, quindi le notti stellate non sono poi così uniche. Qui, nel mezzo di Manhattan, non vedo una stella da quando sono arrivata.

"Veloce per cosa?" Chiede una voce familiare. I brividi mi attraversano la schiena.

"Niente," mormoro. "Pensavo fossi qualcun altro."

"Pensavo che saresti stata più felice di vedermi," dice Hudson.

Indossa jeans larghi e una maglietta Columbia che abbraccia il suo corpo nei posti giusti. Le luci della città illuminano quel familiare addome. Hudson non è tozzo. È alto un metro e ottanta e ha settanta chili di muscoli addosso. Magro, robusto e forte. Snello.

"Cosa ci fai qui?" Chiedo.

"Niente. Voglio solo uscire con la mia coinquilina. Non posso farlo, coinquilina?"

Hudson non sbiascica le parole, ma è ubriaco. Il modo in cui si appoggia al cornicione della finestra lo fa sembrare James Dean. Dannazione.

"Certo che puoi," dico.

"Dunque, ehi, Alice. Ascolta." Si avvicina e mi mette un braccio attorno alla spalla. Sento un insaziabile bisogno di baciarlo. Tutto in lui - il suo aspetto, il suo odore, il modo in cui appare - è così familiare. Se avessi bevuto un altro martini, mi sarei sentita come se le ultime due settimane non fossero mai successe.

"Ascolta, mi dispiace. Sono stato un tale idiota con te e ora viviamo insieme. Voglio dire, che diavolo? Ma seriamente, Alice. Ti amo. Sarà sempre così. Lo sai, vero?"

Lo fisso. Ho voluto che mi dicesse queste parole per così tanto tempo. Sembra sincero. Guardo nei suoi occhi. Sono color nocciola, ma in questa luce sembrano verdi. I miei occhi si spostano sulle sue labbra. Ha la tendenza a leccarle quando è a disagio. Al liceo, la sua tendenza a leccarsi le labbra faceva svenire molte ragazze. Non sono sicura che lo abbia mai saputo.

"Alice? Mi hai sentito?"

"Sì," sussurro. "Ovviamente."

"Ti amo, Alice." Mi prende per un braccio. I brividi mi attraversano la schiena. La sua presa è ferma e forte. Il tipo di stretta che impressionerebbe un potenziale datore di lavoro.

"Hudson, per favore." Lo scrollo di dosso. "Sei ubriaco."

"Ehi! Non sono ubriaco." Mi avvicina a lui. Ora non posso resistere. Ho bevuto solo un drink, ma mi sento leggera. "Okay, forse, sono un po' ubriaco, ma ricorda cosa hai sempre detto."

"Cosa?" Riesco a malapena a respirare. Siamo così vicini, posso sentire il suo fiato sulle mie labbra.

"Quello che hai sempre detto sull'essere ubriachi. Quando le persone sono ubriache, perdono le loro inibizioni."

"Molte persone lo dicono."

"Sì, ma hai sempre detto che le persone sono più vere quando sono ubriache. È come se, senza le loro inibizioni, le persone siano libere di essere oneste con sé stesse su chi siano. Quindi, se uno è davvero un coglione, sarà coglione il doppio da ubriaco. Se è un bravo ragazzo, lo sarà anche di più da ubriaco."

"Okay, e allora?"

"E allora? Beh, sono ubriaco e ti sto dicendo che ti amo."

Si avvicina a me. Le nostre labbra si sfiorano. Mi fa scorrere le dita sul collo. Chiudo gli occhi. È tutto sbagliato. Non dovrebbe succedere. Questo renderà tutto molto più complicato. So tutte queste cose, ma non riesco ancora a raccogliere la forza per fermarlo. Voglio baciarlo. Voglio toccarlo.

Preme le sue labbra sulle mie. Lo bacio. Per un momento, il mondo intero cade e non esiste nient'altro.

"Oh mio Dio, ci è voluta un'eternità, Alice! La prossima volta vai tu!" Dice Peyton. Il nostro breve momento di indiscrezione precipita sulla Terra.

"Oh, mi dispiace così tanto," dice e inizia a risalire fuori dalla finestra.

"No, no, va bene," dico. Con una mano la fermo e con un'altra spingo Hudson lontano da me.

Lui si lecca di nuovo le labbra e mi sorride.

"Hudson stava per andarsene," dico. Lo spingo verso la finestra.

"Mi dispiace, Alice," dice. "Non dimenticartene, okay? Mi dispiace davvero e ti amo davvero."

"Va bene, Hudson. Bene." Alzo gli occhi e torno a Peyton. "Che c'è?"

"Niente." Alza le spalle e sorride in modo malizioso. "Me ne vado per un secondo e poi torno qui e vi vedo limonare."

"Non stavamo limonando! È solo venuto qui e mi ha messa alle strette."

"Sì, ho visto che stavi opponendo una forte resistenza."

Alzo gli occhi e prendo il mio martini dalla sua mano.

CAPITOLO QUATTORDICI

CARO HUDSON,

GRAZIE PER ESSERE USCITO *dall'uscita di sicurezza e avermi baciata. So che eri ubriaco. So che probabilmente eri fuori di te, ma so anche che quello che hai detto era vero. Tu mi ami. Potresti amarmi per sempre e ti dispiace per quello che è successo. Ieri sera, quella sulla scala antincendio è stata la prima conversazione onesta che abbiamo avuto da quando siamo qui. Nessun argomento di conversazione come "Come vanno le lezioni?" o "Non è proprio uno stronzo, quel professore?" Ieri sera è stata la prima volta che mi sono sentita come se ci fossimo davvero parlati. Come se ci fossimo riconosciuti in quanto esseri umani. Forse questo è il primo passo. Non per una riconciliazione, ma per una vera amicizia, perché anche io ti amo e non sono sicura che questo possa cambiare presto.*

CON AMORE,

Alice

CAPITOLO QUINDICI

Due settimane dopo

Ho incontrato Tea Albright nel mio corso di Letteratura Americana. Ho letto quasi tutti i libri del programma, eppure mi sento ancora ben al di sotto degli standard. Io e Tea siamo le due uniche matricole della classe e, per quanto mi diverta, sono anche profondamente consapevole del motivo per cui la maggior parte delle persone aspetta un anno o due per frequentarla. Tea ha un grande senso dell'umorismo e ho avuto la fortuna di averla come mia partner. Oggi, dopo avermi dato una critica forte ma incoraggiante del mio articolo sul ruolo della classe sociale nel *Il Grande Gatsby*, abbiamo analizzato tutta la tendenza di organizzare matrimoni e feste di compleanno a tema Grande Gatsby.

"Il libro parla di questo uomo davvero triste che guadagna un sacco di soldi nel tentativo di corteggiare questa donna di cui è innamorato da sempre. Ma alla fine, tutta la sua ricchezza non è ancora abbastanza. Alla fine, non riesce comunque ad averla. È davvero tragico," afferma Tea. "E tutte queste persone e le loro feste di compleanno a tema Grande Gatsby... Voglio dire, a cosa pensano?"

Rido. "Penso che forse non hanno mai letto il libro."

"E guardano solo il film e le immagini patinate?"

"Anche se vedessero il film, non sarebbe ovvio? Non è che le cose siano andate bene nel film," dico.

Scoppiamo a ridere.

"Ehi, vuoi venire da me dopo le lezioni? Uscire? La mia coinquilina non torna a casa fino a tardi.

Ho il nuovo CD di Adele. Mi piacerebbe avere qualcuno con cui ascoltarlo."

"Oh, so esattamente cosa intendi. Mi manca molto. Potremmo metterlo a tutto volume e soffrire insieme. "

Rido. "È bello essere tristi, a volte. Non davvero tristi. Tristi a causa delle parole che senti," dico.

"Essere tristi a causa di Adele e del suo folle talento vocale è molto meglio che essere tristi nella vita reale," annuncia Tea. "Mi piacerebbe, ma posso tenerlo come bonus?"

"Sì, certo." Alzo le spalle.

"È solo che vedo qualcuno e usciamo questo pomeriggio."

"Che cosa?? Veramente?" Mi agito molto. "Chi è? Da quanto tempo state insieme? Dimmi tutto!"

Sono un po' insistente, ma non c'è niente di più succoso che sentire parlare della nuova vita amorosa di un'amica. Tutto è così nuovo e sconosciuto. Il mondo è aperto a tutte le possibilità. Sembra che tutto possa succedere e la cosa migliore è che non sei tu che stai attraversando tutto questo. Non sei tu che stai correndo un rischio. Non sei tu che ti spezzerai il cuore, alla fine.

"L'ho incontrato in mensa. È alto, dolce e molto sexy. Francamente, non so davvero perché voglia uscire con me."

"Di che diavolo stai parlando?" Chiedo.

"Suvvia. Se mai lo incontrerai, capirai. È come un Dio greco o qualcosa del genere. Abbronzato. Snello. Forte. E io... beh, lo sai."

"Tea, per favore." Odio sentirla parlare di sé stessa in quel modo. Mi rende sia triste che arrabbiata, quasi abbastanza da colpirla. Non ne ha il diritto. "Tea, sei bellissima."

"Alice..."

"Tea, sei bellissima. Quante volte te lo devo dire perché tu ci creda?"

"Okay, beh, se mai lo incontrerai, capirai."

Sospiro. Tea ha un viso meraviglioso, bei capelli e un corpo sinuoso. Molto formosa. Forse è un po' sovrappeso, ma non diresti mai che possa sentirsi a disagio per il suo aspetto. Mentre io sono sempre curva, lei sta dritta. Spinge il suo seno prosperoso in fuori e porta la testa in alto.

"Sei senza speranza," dico.

"Sei così dolce, Alice. Ma sul serio, peso quasi novanta chili. Sono ben consapevole di come sono. Solo... non lo so."

Per un momento, sembra incredibilmente triste.

"Che cosa? Cosa c'è che non va?"

"Spero davvero che questa non sia una specie di scherzo. Questo ragazzo non è solo una matricola del college, Alice. È come se fosse un modello di Abercrombie and Fitch. Quindi, spero solo che tutta questa faccenda tra di noi... spero solo che non sia uno scherzo."

"Dio mio! Uno scherzo? Perché dovresti pensarlo?" Ansimo.

"Perché è successo una volta, al liceo. Questo ragazzo molto popolare mi ha chiesto di uscire. Ero davvero emozionata. Non ci potevo credere. E poi, ho scoperto che mi aveva chiesto di uscire solo per una scommessa. Era tutto questo grande scherzo tra lui e i suoi amici. Ero uno scherzo."

"Non sei mai stata uno scherzo. Lui è uno stronzo," dico.

Torniamo entrambe a noi. In qualche modo, siamo riuscite a trascorrere quasi l'intera sessione di studio parlando di qualsiasi cosa tranne che dei nostri compiti.

"Beh, divertiti con il tuo nuovo ragazzo oggi," dico, raccogliendo i miei fogli. "Sono sicura che sia serio. Non devi preoccuparti."

Lei non dice niente. Quando la guardo, ha un'espressione preoccupata sul suo viso.

"Alice, ti dispiacerebbe venire con me? Voglio solo una seconda opinione."

"Non capisco."

"Vive nel tuo dormitorio. Voglio solo che tu entri con me, chiacchieri con lui per un momento e poi mi faccia sapere cosa ne pensi. Se è sincero o no. Voglio solo un po' di supporto morale."

Alzo le spalle. "Ovviamente. Tuttavia, onestamente, non sono sicura che sarò di grande aiuto."

"Per favore? Sono uscita con lui solo una volta, prima. Mi farebbe sentire molto meglio."

Le dico che va bene.

Io e Tea torniamo al mio dormitorio. Posso sentirla diventare sempre più ansiosa man mano che ci avviciniamo all'appartamento di lui. Cerco di calmarla parlando del fine settimana e di tutte le feste che si svolgono nel campus.

"A che piano abita?" Chiedo in ascensore.

"16," dice, premendo il pulsante.

"È il mio piano!"

"Veramente? Oh mio Dio, e se lo conoscessi già? Sarebbe fantastico. Quindi mi potresti dire com'è veramente."

Alzo le spalle. Anche se suona bene, non conosco molte persone sul mio piano. Conosco la maggior parte dei loro nomi, credo, ma non sono così sociale come dovrei essere. Non sono sicura di quante informazioni possa davvero darle.

Le porte dell'ascensore si aprono ed entriamo nel corridoio.

"Sai quale stanza?" Chiedo.

Tea inizia a rovistare nella sua borsa. "Sì, ce l'ho qui da qualche parte."

Vedo Hudson e Dylan con la coda dell'occhio, scendendo nel corridoio.

"Tea?" Chiede Hudson.

"Hudson! Ehi." Tea gli getta le braccia al collo e gli dà un caldo abbraccio.

All'improvviso, capisco. Merda! Oh, merda! Non può essere vero, giusto?

Merda.

Merda.

Merda.

"Questa è la mia amica Alice," mi presenta Tea. Deve ancora notare che qualcosa non va.

"Sì, lo so," mormora.

Fisso Hudson come se fossimo bloccati in un'intensa gara di sguardi. Percepisco Tea che mi guarda, ma non riesco a convincermi a dirle niente. Non ho nemmeno l'energia per distogliere lo sguardo da Hudson.

"Vi conoscete?" Tea si gira verso di lui e poi di nuovo verso di me. "Alice? Cosa sta succedendo?"

"Uhm," comincio, ma la mia voce si incrina. "Hudson è... il mio... ex ragazzo."

Distolgo gli occhi da Hudson e mi rivolgo a Tea. Ha uno sguardo di intensa sorpresa sul suo viso. Assomiglia a come mi sento in questo momento. Non sono sicura di come, esattamente, ma alla fine riesco a scusarmi e ad andare nella mia stanza. Sento che devo una spiegazione a Tea, ma non ho nulla da spiegare. Non avevo idea che Hudson fosse il ragazzo di cui stesse parlando. Tutta questa situazione è una spiacevole coincidenza.

Per i primi quindici minuti di attesa nella mia stanza, aspetto che Tea o Hudson o persino Dylan entrino e si scusino. Almeno per parlami, ma nessuno entra. Quindi, invece, indosso il pigiama, mi tolgo il reggiseno e mi metto le cuffie.

Ascolto la canzone di Adele, "Hello". Alzo il volume e grido dentro di me, sdraiata sul letto, fissando il soffitto.

Qual è quella sensazione che inquina l'anima, dopo una rottura? Ti fa venire la nausea e ostruisce le orecchie e rende il mondo intero confuso e un po' scuro.

Poi capisco.

Sto cadendo.

Sento di star cadendo e mi sento come se stessi cadendo da quando ci siamo lasciati.

È strano essere in moto perpetuo senza una fine in vista. È come se stessi cadendo da un edificio (o forse ho saltato) e sto cadendo da allora. Ci sono stati alcuni momenti di rallentamento. Non stavo cadendo a tutta velocità, fino ad ora. Ora sto cadendo ancora più velocemente. Forse questo significa che mi sto avvicinando alla Terra? Mi sto avvicinando a una collisione?

Chiudo gli occhi. Li riapro. Fisso il soffitto. Mi sdraio sulla pancia e guardo fuori dalla finestra. I giorni si stanno accorciando, adesso. È ancora presto, ma è già il crepuscolo. Da qualche parte in lontananza, sento un'ambulanza che corre lungo Broadway, le sue sirene sempre più vicine. Alzo la musica.

Hudson e io non abbiamo parlato molto, dal nostro bacio. Non mi aspettavo che l'avremmo fatto, ma in un certo senso volevo che ci provasse. Tuttavia, dopo che mi aveva evitata per alcuni giorni, ho rinunciato del tutto. Quel bacio era solo un debole ricordo nella nostra relazione altrimenti inesistente. Tuttavia, non mi aspettavo che iniziasse a frequentare qualcuno così presto. Perché non poteva semplicemente stare come una normale ragazza universitaria? Perché doveva uscire con Tea? Tea mi piace. Un sacco.

CAPITOLO SEDICI

CARA TEA,

Grazie per essere mia amica. Mi dispiace tanto che il tuo nuovo ragazzo sia il mio vecchio ragazzo. Entrambe avremmo potuto evitare un sacco di angoscia, delusione e ansia se avessimo rivelato il suo nome. Hudson. È una parola così piccola, eppure il suo impatto sulla nostra vita è piuttosto grande. Non è vero? Difficile da credere, davvero.

Beh, ti scrivo questa lettera per farti sapere che mi sto lasciando andare. Quel bacio che Hudson e io avevamo condiviso due settimane fa avrebbe potuto significare qualcosa, ma non lascerò che accada. Lo sto lasciando alle spalle. Una volta per *tutte. Puoi averlo. È un ragazzo eccezionale, ma non è più il mio ragazzo. Lo so. Sto cercando di andare avanti. No, non ci sto provando. Come dice quella frase cliché, non ci si può provare. C'è solo fare e non fare. Quindi, andrò avanti. Da questo momento in poi.*

Quindi, a te, Tea, dico grazie. Grazie per essere qui. Grazie per avermi finalmente fatto capire che è finita e che starò bene.

CON AMORE,

Alice

METTO GIÙ LA PENNA. Dovrei star scrivendo il mio compito sul Grande Gatsby. Devo consegnarlo tra tre giorni e non ha nemmeno una tesi ben strutturata, ma questa lettera era più importante. Penso a Tea e Hudson da quando li ho visti insieme, ieri. Qualcosa nello scrivere questo biglietto alla fine mi ha fatta sentire come se tutto sarebbe andato bene.

"Okay, ragazza." Juliet entra con due borse Nordstrom. "È abbastanza. Mi ama? Mi amerà? Cosa significa quel bacio? Oh, no, ora ha una ragazza. Potrà amarmi di nuovo?"

È difficile mantenere dei segreti nel dormitorio ed è particolarmente difficile mantenere dei segreti con Juliet. Non posso fare a meno di sorridere.

"Lo so. Sono patetica, vero?" Dico.

"Forse solo un po'. Ma non sei una causa persa."

"Bene. Mi piace come suona."

"Sei pronta allora? Per metterti alla prova?"

"Sì, certo." Alzo le spalle.

Juliet non sembra convinta. "Il compleanno di Dylan è questo fine settimana e sta organizzando una grande festa a casa di suo padre a Central Park."

"Sei sicura? Non pensavo che fosse autorizzato ad entrare lì."

Juliet mi fissa, sbalordita. "Ti racconto della festa di compleanno del nostro coinquilino e tutto ciò che riesci a fare è concentrarti sul fatto che gli sia permesso o meno. Sei una ragazza abbastanza difficile da impressionare, Alice." Alzo le spalle e sorrido. "Ad ogni modo, tutto quello che so è che sta organizzando la festa lì e ti ho procurato un vestito che penso sarà perfetto."

"Mi hai preso un vestito? Perché?"

"Perché sono stanca del fatto che tu vada sempre in giro sempre con gli stessi pantaloni del pigiama. Con gli stessi jeans per le lezioni. Onestamente, ho guardato nel tuo armadio mentre eri fuori e hai un serio bisogno di vestiti per adulti. Ora, questa festa sarà chic. Central Park e tutto il resto. Non sarà la tipica festa del college e hai bisogno di un cambiamento nella tua vita. Questo vestito è la cosa giusta."

Ha ragione, ovviamente. Juliet ha sempre ragione. Ammiro spesso quanto tutto sia semplice per lei. Non pensa troppo alle cose. Non si preoccupa delle cose che non può cambiare. Va semplicemente avanti con la sua vita. Ha anche una teoria secondo cui con i vestiti giusti, puoi ottenere qualsiasi cosa nella vita. Quindi, se vuoi un lavoro particolare, devi

solo trovare i vestiti giusti. Il costume perfetto.
È un'attrice nata e vive la sua arte
profondamente.

Guardo l'abito che ha scelto per me. Se fossi
andata al negozio con lei, avrei scelto un semplice
vestito nero. Non è che sia un grande fan di Coco
Chanel o dell'abito nero per antonomasia, è solo
che l'abito da cocktail nero è tutto ciò che so
riguardo ai cocktail party in città. Juliet mi ha
sorpresa di nuovo. L'abito che tiene davanti a me
è di un blu brillante con una vita stretta e uno
scollo a V. La gonna si piega in un cerchio.

La mia reazione iniziale è incredulità. Questa
non sono io.

"Questo colore starà benissimo con la tua pelle e i
tuoi capelli," afferma. Decido di fidarmi del suo
istinto prima di rifiutarlo completamente.

Juliet aspetta che mi infili il vestito sopra la testa.
Le chiedo di voltarsi e lei accetta con riluttanza.

"Siamo compagne di stanza! Se non possiamo
vederci nude o quasi, chi può farlo? Inoltre, sono
io che dovrei essere timida riguardo al mio corpo."
Continua il suo solito monologo. Ho imparato a

ignorarlo. Proprio come lei ha imparato ad accettare il mio bisogno di cambiarmi in privato.

Juliet mi chiude la zip mentre sto davanti allo specchio della porta. L'abito cade un po' sopra le mie ginocchia. La gonna a cerchio scende a onde attorno ai miei fianchi.

"Non ti piace quanto renda piccola la tua vita? Ovviamente, è già piccola, ma questo vestito la accentua molto."

"Sì, mi piace." Odio ammetterlo. È davvero lo stesso ridicolo vestito che era sul mio letto qualche minuto fa? "E fa sembrare le mie tette fantastiche!"

"Allora? Dov'è il mio grazie?" Juliet indietreggia e aspetta di ricevere la mia gratitudine.

"Grazie mille. Questo vestito è bellissimo," dico e le lancio le braccia attorno alle spalle. "Lo amo moltissimo."

"Va bene, allora." Lei sorride.

"Quanto ti devo?" Chiedo.

"Niente."

"No, sul serio. Voglio pagarti. È di Nordstrom."

"No, sul serio, non mi devi nulla," dice con la massima serietà. "Non accetterò denaro, ma puoi pagarmi in un altro modo," dice con uno scintillio malizioso negli occhi.

"Qualsiasi cosa."

"Prometti di farlo?" Chiede, incrociando le braccia sul petto. "Devi prometterlo prima che te lo dica."

"Va bene, lo prometto," dico con disinvoltura, anche se mi sto già pentendo della decisione.

"Devi promettermi di baciare qualcuno a questa festa. Un ragazzo. Un ragazzo carino."

Alzo gli occhi al cielo.

"Ehi, hai promesso!" dice indicandomi.

"Okay, okay. Ci proverò," dico. Mi guardo allo specchio. Sono bellissima. Mentre mi raddrizzo il vestito, prendo l'etichetta che pende dal fondo. Improvvisamente, mi rendo conto del significato di quello che leggo.

Merda! Non ho mai posseduto un vestito così costoso in tutta la mia vita.

"Juliet, è troppo costoso. 450 dollari sono troppi. Devi lasciarmi pagare."

"Infatti, pagherai. Bacerai qualcuno a questa festa. Sarà un duro lavoro per te, quindi riavrò il valore dei miei soldi."

"E come, esattamente?"

Juliet si avvicina. "Alice, tesoro, pagherei tre volte tanto se ciò significherebbe che non avere più una compagna di stanza che si tortura nella nostra stanza pensando al suo ex tutto il giorno."

"Non lo faccio!" Dico, ma so che non è vero. Speravo di aver gestito questa cosa di Hudson in modo tale che nessuno se ne accorgesse. Non credo di esserci riuscita.

"Lo fai. Ma si spera non dopo questo fine settimana," afferma. Poi la sua voce diventa davvero seria. "Alice, voglio solo mostrarti cosa ti sei persa."

"E che cos'è esattamente?"

"La vita di una diciottenne sexy e single nella città più bella del mondo. Questo può essere l'anno migliore della tua vita se giochi bene le tue carte."

Ci penso per un momento. Juliet ha ragione. Certo che ha ragione. Ho lasciato che l'intera situazione con Hudson mi impedisse di uscire davvero e vivere la mia vita. Me lo merito. Almeno, secondo *Oprah Magazine*. Lo so a livello intellettuale, ma è ora che lo sappia a livello istintuale. Merito di essere felice. Merito di divertirmi. Merito di spassarmela.

"Suona bene," dico. Mi siedo sul letto e guardo Juliet cambiarsi con il suo vestito. Questo fine settimana sarà la mia rivalsa. Il mio nuovo inizio.

CAPITOLO DICIASSETTE

La festa di Dylan è già in pieno svolgimento quando io e Juliet arriviamo. Non ero mai stata in un appartamento così bello, prima d'ora. È una proprietà d'angolo sorprendente con un'enorme terrazza. Dylan ci offre un tour del soggiorno, sala da pranzo, due camere da letto matrimoniali e tre bagni. Ogni stanza ha un lato con due porte e accesso alla terrazza e ci sono più di 90 metri quadrati di spazio esterno. Quasi ogni finestra ha una vista sul parco.

È bello tanto quanto i suoi guanti bianchi, i servizi completi, i condomini prebellici con vista sul parco," spiega Dylan. "È stato praticamente un furto, a 6 milioni di dollari."

La mia bocca si spalanca. Mi rivolgo verso Juliet,
ma non sembra impressionata. Non vivo a New
York da molto tempo, ma ho notato che pochi veri
newyorkesi faranno del loro meglio per sembrare
colpiti da qualcosa. A differenza di Los Angeles,
dove le persone si agitano per le cose più piccole,
come prendere un caffè nello stesso bar di Seth
Rogen. Non sono sicura che la gente di Los
Angeles sia più impressionabile dei newyorkesi.
Sono però certa che si comportano come se lo
fossero.

Mentre Dylan ci versa da bere, mi guardo intorno
e agli altri ospiti alla festa. Onestamente, non
sapevo cosa aspettarmi. Pensavo che sarebbe stato
un party elegante o una tipica festa del college.
Questo è un miscuglio delle due cose. Un gruppo
di ragazzi del college in abiti costosi e tacchi
Christian Louboutin da dodici centimetri,
bicchieri di plastica rossi e beer pong.

Poi, con la coda dell'occhio, li vedo. Hudson e
Tea. Ballando con la musica di Taylor Swift.
Merda.

"Ehi. Ehi, Alice!" Juliet mi tira un braccio. La
guardo.

"Li stai fissando da quasi un minuto."

Alzo gli occhi al cielo. "Allora?"

"Allora? Voglio ricordarti una piccola promessa che mi hai fatto. Baciare qualcuno stasera. Ti ricordi?"

"Sì, Ricordo. La notte è giovane," dico.

"Potrebbe benissimo esserlo. Ma non rimarrà tale se perdi tempo a fissare il tuo ex e la sua nuova ragazza."

"Oh, sta zitta." Mi giro e mi allontano. Faccio una scenata, ma sto solo scherzando. Sono contenta che mi abbia tirato fuori dalla mia trance. Ora ho solo bisogno di un momento per riprendermi.

La porta di una delle stanze è parzialmente socchiusa. Perfetto. Ho bisogno di un po' di privacy. Apro la porta ed entro in un ufficio ampio e spazioso. Mi guardo intorno e osservo la splendida scaffalatura che delinea tre pareti della stanza.

"C'è così tanto mogano in questo spazio, mi chiedo se ne sia rimasto in America Centrale," afferma Dylan.

"Oh mio Dio, mi hai spaventata!" Sobbalzo.
"Scusa se sono qui. Mi sentivo solo un po'
claustrofobica, là fuori."

"Sì, vedere il tuo ex con una ragazza non aiuta,
eh?" Lui sorride. So che Dylan non vuole ferirmi,
ma a volte può essere un totale stronzo.

"E perché tu ti nascondi?" Chiede. Si stringe nelle
spalle e si avvicina a me.

Ragazzi, è davvero bello. Ha le braccia ben
definite e una mascella forte. Occhi gentili.

"Mi piacciono i tuoi capelli tenuti in quel modo,"
dice guardandomi. Di solito mi lego i capelli in
una coda di cavallo o in una crocchia morbida,
ma oggi li tengo sciolti, secondo le istruzioni di
Juliet. Indosso anche il rossetto. Luccicante e
rosa. È appiccicoso, ma mi fa risaltare le labbra.

Sorrido e sbatto le ciglia come se fossi una specie
di star del cinema degli anni '60 o Ginger di
Gilligan's Island. Non lo faccio apposta. Prima,
quella sera, Juliet mi ha incollato sugli occhi il
mio primo paio di ciglia finte e sono così pesanti
che riesco a malapena a sollevare le palpebre.

Dietro Dylan c'è un muro di trofei di atletica.

"Wow, sono tutti tuoi?" Chiedo. Un grande sorriso si estende su tutto il viso, illuminando la stanza.

"No, non tutti. Alcuni di questi sono di mio padre. Correva anche lui al liceo e al college."

Le sue parole brillano di orgoglio, ma poi arriva una sfumatura di delusione.

"Le famiglie sono complicate, no?" Dico. Sa che so un po' di quello che è successo tra lui e suo padre. Non ha fatto mistero del fatto che suo padre sia in Europa e che questa festa si svolga senza il suo consenso.

"È divertente quanto siamo simili, davvero. Quanto abbiamo in comune e quanto ancora non ci capiamo l'un l'altro," afferma.

"Forse le cose che non capite l'uno dell'altro sono le cose che non capisci completamente di te. Forse è questo che rende tutto così difficile," dico.

"Può essere." Si stringe nelle spalle e cambia argomento. "Ah, è abbastanza parlare della delusione che sono per mio padre. Questa è una cazzo di festa, giusto? Ti stai divertendo?"

"Decisamente." Annuisco e bevo un sorso del mio drink. "Oh, dunque, volevo chiedertelo. Come sta Peyton?"

L'espressione sul viso di Dylan sfuma un po', ma non così tanto da prestarci molta attenzione.

"Sta bene." Lui scrolla le spalle. "Non è riuscita a venire, stasera. È uscita qualche cosa a scuola."

"Oh, mi dispiace. Beh, grazie per avermi qui a festeggiare con te."

Gli lancio le braccia attorno al collo e gli do un breve abbraccio. Improvvisamente, qualcosa cambia. È strano come sia possibile vivere in un momento pensando di essere su un piano di esistenza e poi trovare te stesso su un piano completamente diverso. Beh, questo è esattamente quello che è successo.

Abbraccio Dylan come amico e coinquilino e in questo nostro breve momento, mi viene in mente un pensiero. E se lo baciassi? Quando mi allontano, non vedo più Dylan, mio coinquilino e mio amico. Invece, questo Dylan si è in qualche modo trasformato in una creatura completamente diversa: una cotta.

Poi faccio qualcosa di ancora più folle di un semplice folle pensiero.

Prima di allontanarmi completamente, mi chino e premo le labbra sulle sue. Sa di vodka e olive e le sue labbra sono morbide e calde. Al primo tocco, c'è un momento di esitazione. Sento il suo corpo interrogarsi su quello che sta succedendo e aspetto che mi spinga via. Mi sorprende. Dylan mi prende tra le sue braccia e preme il suo corpo vicino al mio. Quando fa correre la sua lingua ruvida all'interno delle mie labbra, le mie gambe sembrano essersi addormentate.

———

"HAI BACIATO DYLAN? Dylan? Il nostro coinquilino Dylan?" Juliet chiede di nuovo in camera alle 5 del mattino. Non ho memoria di essere tornata a casa. Non so nemmeno se abbiamo preso la metropolitana o un taxi, ma ricordo tutto di quel bacio.

"Ehi, ho promesso che avrei baciato qualcuno stasera, giusto? Bene, l'ho fatto," dico, girandomi su un fianco per guardarla.

"Quando ti ho fatto fare quella promessa, volevo che baciassi qualcuno di nuovo. Non un altro dei nostri coinquilini."

"Beh, avresti dovuto essere più specifica." Sorrido.

"Okay, bene." Juliet alza gli occhi al cielo. "Fai quello che vuoi. Voglio solo che tu non ti faccia del male, lo sai? Sai che ti sto solo proteggendo."

"Non devi proteggermi," dico. "Dylan è un bravo ragazzo. Lo sai."

"Sì, lo so. So anche che la sua ragazza da due anni, Peyton, ha rotto con lui, oggi. Al suo compleanno. Quindi, non è qualcuno con il miglior stato d'animo possibile con cui iniziare qualcosa a questo punto."

Juliet continua, ma smetto di ascoltare dopo che parla di Peyton.

Peyton. Certo, Peyton.

Mi ero completamente dimenticata di Peyton. Della sua stessa esistenza.

"Si sono lasciati?" Chiedo. Non riesco a credere che si siano lasciati.

Ma comunque, mi ha detto che avevano la tendenza a rompere e rimettersi insieme.

Come se sapesse a cosa sto pensando, Juliet dice: "Sembra che questa volta potrebbe essere per sempre."

Non so cosa dire. Non so se la loro rottura sia una buona cosa. Non so se voglio che stiano ancora insieme. Ad ogni modo, è complicato.

"Okay, va bene, forse non è stata una buona idea," ammetto finalmente. Mi aspetto quasi che Juliet gongoli, ma mi sorprende. Invece di divertirsi nell'avere ragione, mi lancia solo uno sguardo comprensivo.

"D'altra parte," dice, "era solo un bacio, giusto? Nessun grosso problema."

Sì, forse non lo era. Solo che lo è. Dylan è la prima persona che ho baciato da quando ho baciato esclusivamente Hudson, per due anni.

Beh, tranne quell'altro ragazzo...

CAPITOLO DICIOTTO

Si chiamava Darren. Ero all'ultimo anno del liceo. Hudson e io eravamo in una relazione a distanza da sette mesi e Darren era il mio partner nella classe di fisica. Andavamo nella stessa scuola da quattro anni, ma lo avevo conosciuto solo a gennaio. In effetti, non l'avevo mai visto prima. Lui giurava di avermi già vista, ma io non ne ero così sicura.

Darren aveva i capelli corti e scuri, del colore delle castagne arrostite, e degli occhi blu disarmanti. A differenza di Hudson, era tranquillo e un po' timido. Non ha mai fatto commenti spiritosi o battute, in classe. Raramente alzava la mano, figuriamoci rispondere direttamente alle domande, senza che gli venisse chiesto.

Era sostanzialmente l'opposto di tutto ciò che amavo di Hudson. Tuttavia, mi sono trovata inspiegabilmente attratta da lui. Durante il primo mese, ho adorato il modo in cui mi faceva ridere e ho apprezzato la sua amicizia. Da qualche parte, a metà febbraio, verso San Valentino, ho iniziato a sentire qualcosa in più.

La sera prima della consegna del nostro progetto, rimasi da lui fino a tardi mentre davamo gli ultimi ritocchi alla presentazione. Dopo averlo esaminato per l'ultima volta, decidemmo di festeggiare con del bourbon di suo padre. Dopo aver bevuto un bicchiere colmo di bourbon, le nostre inibizioni furono in qualche modo messe in un angolo. Anche ripensandoci adesso, non so come sia successo. All'improvviso, si avvicinò a me. Mi spostò via alcune ciocche di capelli dal viso e mi baciò.

Avevo mentito a me stessa sui miei sentimenti per Darren. Hudson se n'era andato ed ero sola. Darren... beh, era lì. Era divertente, sarcastico e carino. Soprattutto, era semplicemente lì. Non

sentivo un desiderio travolgente di stare con lui
ma, odio ammetterlo, se Hudson fosse stato lì,
non avrei pensato a Darren una singola volta, ma
non vedevo Hudson di persona da molto tempo.
È stato bello essere tra le braccia di qualcuno.

Darren e io ci baciammo per circa un'ora. Non
andammo mai oltre il semplice bacio. Mi toccò il
sedere una volta, ma lo spinsi via. Era solo il bacio
ciò che desideravo. Con gli occhi chiusi, mi
trasportai in altri tempi e in un altro luogo in cui
Hudson e io eravamo insieme e tutto tra di noi
andava bene.

Sentii i passi affrettati di sua madre che
scendevano le scale e prima che entrasse mi
allontanai da Darren appena in tempo. Voleva
solo chiederci se fossimo affamati, dopodiché
scomparve di nuovo dopo aver saputo che non lo
eravamo, ma fu abbastanza per spezzare la mia
trance.

"Mi dispiace. Non posso farlo," dissi a Darren.
"Ho un ragazzo."

La sua delusione gli dipinse il viso, ma avevo cose
più grandi di cui preoccuparmi. Avevo tradito
Hudson.

Quella notte non riuscii a chiudere occhio. La seconda notte, mi rigirai e rigirai ed ebbi un incubo in cui Hudson aveva incontrato qualcun'altra. Il giorno seguente, decisi di dirlo a Hudson.

Gli dissi tutto. Come avevo incontrato Darren. Come eravamo stati assegnati in coppia. Come avevamo iniziato a uscire. Alla fine, gli parlai del nostro bacio. Il nostro lunghissimo bacio. Per più di un momento, fui tentata di omettere la lunghezza del nostro bacio, ma una fitta di dolore mi pulsò nel corpo e decisi di dirgli tutto. Nessuna mezza verità. Tutta la verità.

Hudson ascoltò attentamente. Fece delle domande. Piansi e singhiozzai e gli dissi quanto mi dispiacesse. Potevo sentire il dolore che gli avevo causato perfino al telefono. Mi sentivo male, ma anche sollevata. Mi ero liberata, egoisticamente, e avevo gravato lui in cambio.

"Ho bisogno di un po' di tempo per pensarci, Alice," disse infine. C'era un tono che non avevo mai sentito nella sua voce. Sapeva di delusione e sconfitta. Non l'avevo mai sentito prima e un dolore paralizzante mi chiuse la gola.

"Sono così, così dispiaciuta," riuscii a dire prima
che riattaccasse.

Quella notte è stata la più lunga della mia vita.
Non ho dormito. Non mi sono nemmeno presa la
briga di cambiarmi con il pigiama. Mi sono
semplicemente sdraiata sul letto, mi sono
raggomitolata in posizione fetale e ho aspettato. Il
tempo passava rapidamente e poi lentamente.
Non aveva più significato per me. E se fosse
finita? Mi chiedevo. E se ci fossimo lasciati? Il
solo pensiero mi spaventava oltre ogni
immaginazione. Perché ero così terrorizzata?
Non solo perché amavo Hudson, ma anche
perché io e Hudson eravamo una coppia.
Eravamo stati insieme per così tanto tempo che
non sapevo più chi fossi, senza di lui.

La mattina seguente, Hudson mi chiamò. Disse
che era ferito, ma che voleva ancora stare con me.
Che avremmo superato tutto questo.

Un'enorme ondata di sollievo attraversò tutto il
mio corpo. Le sue parole mi sollevarono le
tonnellate di peso che sentivo sulle spalle.

Ero stata infedele e non l'avrei mai più fatto.
Tutto quello che volevo era una seconda
possibilità e l'avevo ottenuta. Ero felicissima. Ora
tutto sarebbe andato bene, pensai ingenuamente.

Il fatto è che una relazione è come un vaso. Una
volta che cade e si rompe, può essere riparato.
Rimesso a posto. Il danno può essere coperto, ma
rimangono le crepe e la memoria del danno. Sarà
sempre un po' più debole.

CAPITOLO DICIANNOVE

LA PRIMA COSA che fa è ammiccarmi con quegli intensi occhi castani.

"Quindi, eccoti a New York City. Finalmente," dice.

È ottobre e le foglie stanno iniziando a cadere. L'intera città è umida ed emana un forte odore pungente di fogliame in decomposizione. I marciapiedi luccicano per la pioggia leggera che è caduta tutto il pomeriggio. I fari inondano Broadway, accecandomi ad ogni passo.

Nick Thomas, il nostro amico d'infanzia, cammina dietro di me. Sapevo del suo piano per venire a trovarmi da un po' di tempo, ma la

giornata si è comunque presentata di sorpresa,
lasciandomi impreparata. Nick è uno dei migliori
amici di Hudson dalla scuola media e lo conosco
da molti anni. Solo negli ultimi due anni del liceo
ci siamo davvero avvicinati. Nick è alto e magro,
vicino al metro e novanta e pesa solo 75 chili. È
venuto al campus in taxi e l'ho aspettato fuori dal
mio edificio per accoglierlo.

Nick non indossa un cappotto. La temperatura è
bassissima, ma indossa solo un maglione leggero,
jeans e infradito. Sto per chiedergli perché,
quando ricordo che non ha mai indossato un
cappotto. Era orgoglioso del fatto che non avesse
mai avuto freddo, non importava quanto si
gelasse di fuori.

Quando entriamo nel soggiorno, Hudson, Dylan
e Juliet sono lì ad aspettarci. Hudson lo abbraccia
calorosamente e si occupa delle presentazioni.
Dopo una cena a base di pizza per i ragazzi e
insalata e zuppa per Juliet ed io, decidiamo tutti
di uscire al Lion's Head Tavern, un bar sulla
Amsterdam Avenue. È il preferito di Hudson e
Dylan, principalmente perché è un locale che
serve cibo grasso e accetta documenti di identità
falsi di scarsa qualità. Nick non ne ha una, ma

per fortuna il buttafuori non lo controlla. Troppo alto, probabilmente, decido.

"Allora, dove vai a scuola?" Chiede Dylan.

"Ad una scuola locale. Cal State Northridge. Vivo a casa," dice Nick con un sospiro. "Argh, sono così geloso di voi due. Il vostro dormitorio è fantastico e potete vivere con delle ragazze. Immaginate che roba."

Hudson ha già bevuto un paio di drink. "Beh, non solo ragazze. La mia ex ragazza," scherza. Ho bevuto anche io due drink e rido insieme a tutti gli altri.

"Sì, le cose potrebbero essere andate meglio."

"Oh, per favore, voi due siete amici da sempre. Questo è solo un momento nella vostra relazione altrimenti liscia come l'olio." Nick agita la mano.

Hudson e io ci scambiamo uno sguardo. Spero che abbia ragione.

"Allora, come stanno i tuoi?" Chiedo. Ho sempre amato la signora Thomas. Praticamente ogni notte che passavamo nel seminterrato di Nick, scendeva di sotto con una teglia di biscotti appena sfornati.

"Bene. Come al solito." Lui scrolla le spalle.

"Allora, com'è vivere in casa?" Chiede Dylan. "Hai ancora il coprifuoco o altro? Oppure puoi fare praticamente tutto quello che vuoi?"

"Un coprifuoco?" Sorrido. "Quando è stata l'ultima volta che hai avuto il coprifuoco, Dylan? Quando avevi dodici anni?"

"Sì, credo. Ma ho sentito dire che alcuni genitori possono essere testardi."

Scuoto la testa. Nick ride e poi dice: "No, nessun coprifuoco. Solo, non è così divertente. Nessuno con cui uscire la sera. Soprattutto perché tutti a scuola vanno in giro con le persone che stanno nei loro dormitori."

"Che merda," dice Hudson.

Nessuno dice nulla per un momento mentre proviamo a immaginare come debba essere. Mi sento male per Nick. Si sta perdendo ciò che il college ha da offrire e la cosa peggiore è che lo sa.

"Perché non ti trasferisci al campus il prossimo semestre?" Suggerisce Dylan.

Nick scrolla le spalle. "Non posso."

"Perché?" Chiede Juliet.

Hudson e io ci scambiamo uno sguardo di disagio. È così ovvio per noi, ma non per loro.

"Soldi," dice finalmente Nick.

"Ma non puoi richiedere una sorta di aiuto finanziario?" Chiede Dylan.

"Voi ricchi pensate sempre che siano una sorta di soluzione a cui il resto di noi non ha mai pensato, vero?" Dice Nick. Tutti sono sorpresi dal suo tono.

"Ehi, non intendevo quello," dice Dylan.

"I miei genitori fanno troppi soldi per avere degli aiuti finanziari e non abbastanza per pagare effettivamente un dormitorio. Almeno, pensano che sia troppo," dice. "E anche io," aggiunge dopo un momento.

Nessuno sa cosa dire. L'imbarazzo riempie l'aria come un gas nocivo e nessuno riesce più a respirare. Nemmeno la persona che l'ha esalato.

Alla fine, torniamo al dormitorio. Hudson e Nick stanno alle nostre spalle mentre Juliet, Dylan e io camminiamo avanti, abbastanza velocemente da non sembrare che ci stiamo precipitando verso casa.

"Ehi, mi dispiace per Dylan." Sento dire Hudson. "I suoi genitori hanno molti soldi. Non capisce."

"Nessun problema," dice Nick.

"Non è davvero un cattivo ragazzo. Ha appena scoperto che la sua ragazza è innamorata del suo tutor, quindi fa un po' il cazzone da allora," aggiunge Hudson.

Peyton è innamorata del suo tutor? Il pensiero echeggia nella mia mente mentre ci allontaniamo.

"Per quanto tempo rimarrà?" Mi chiede Dylan in ascensore.

"Ehm, un paio di giorni, penso," dico. "Ascolta, non è un cattivo ragazzo. Ha solo esagerato e..."

Mi ritrovo a ripetere le parole di Hudson, tranne per il fatto che, a differenza di lui, non ho davvero una buona scusa. Nick è stato una testa di cazzo. Dylan non voleva insinuare nulla con quello che ha detto e lui non aveva il diritto di arrabbiarsi o parlare così.

Dylan fa spallucce. "Non importa. Era solo curiosità."

CAPITOLO VENTI

Mɪ sᴠᴇɢʟɪᴏ nel cuore della notte e mi dirigo verso il bagno in punta di piedi. Di solito non devo fare tanto silenzio, ma Nick dorme sul nostro divano e non voglio svegliarlo. Sulla via del ritorno, proprio mentre penso di esserci riuscita, lo sento.

"Alice? Alice?"

"Mi dispiace averti svegliato," dico. "Sto tornando nella mia stanza."

"No, è okay. Non stavo dormendo. Ehi, vieni qui un secondo."

Non voglio. Sono stanca e assonnata. È buio pesto e i miei occhi devono ancora adattarsi, ma cammino verso il divano.

"Ehi, non abbiamo davvero avuto l'opportunità di parlare molto, stasera," dice e sposta i piedi in modo che io abbia spazio per sedermi.

"Sì, lo so," dico.

Quando Nick mi ha scritto per la prima volta e mi ha detto che sarebbe arrivato, ero felice. Non vedevo l'ora. Ora che è qui, tutto è diverso. Le cose vanno male. Sono strane. Lo conosco da così tanto tempo, eppure sembra un estraneo. Com'è possibile?

"Allora, come stai?" mi chiede e mi mette una mano sul ginocchio.

"Bene," dico rapidamente e indietreggio da lui. Il suo tocco porta le cose a un livello di imbarazzo completamente nuovo.

"Stai bene?" Nick si avvicina. I miei occhi si sono adattati al buio e vedo le sue labbra sottili vicino alle mie. Sto inviando strani segnali? Che diavolo sta succedendo?

"Sì, sto bene. Sono solo stanca," dico e mi alzo in piedi.

"Ascolta, non capisco." Mi prende la mano. Sono sorpresa dalla sua aggressività.

"Cosa non capisci?" Chiedo.

"Non stavamo flirtando e tutto il resto? Hai detto che non vedevi l'ora di vedermi."

"Lo ero." Allontano la mano. "Flirtando? Ti stavo chiedendo di Corrin. Stavo cercando di farti sentire meglio per il fatto che ti avesse scaricato."

"Oh, questa è una cosa cattiva. Perché sei così cattiva, Alice? Sei una brava ragazza."

Odio il tono nella sua voce. Chi è questa persona?

"Devo andare." Mi alzo, ma anche lui si alza e mi si avvicina. Per un momento, penso che si stia per scusare. Non lo fa. Invece, si avvicina a me e mi tira verso di lui per baciarmi. Le sue mani sono così forti che non riesco a staccarmi. Le sue labbra premono così forte sulle mie che i miei denti iniziano a farmi male. Finalmente riesco a liberare la bocca e urlare.

"Lasciami andare! Lasciami andare!"

Non lo fa. Invece, mi spinge sul divano e mi salta sopra. Sono colta totalmente alla sprovvista. Non riesco a credere che stia succedendo. È come se il mondo intero si stesse muovendo al rallentatore.

"Che cazzo, Nick? Che cazzo stai facendo?" Dice Hudson, spingendolo via da me. Lo prende a pugni e quando alzo lo sguardo, vedo Nick seduto sul pavimento che si tiene il naso.

Juliet e Dylan escono dalle loro stanze.

"Non sai che cosa significhi la parola no?"

"Fottiti, Hudson!" Dice Nick.

"Voglio che tu te ne vada," dice Hudson.

"Adesso?" Nick sembra sorpreso.

"Sì, ora, coglione. Pensi che resterai qui dopo aver attaccato Alice? Che cazzo ti è successo, Nick? Chi sei?"

Nick non dice niente. Raccoglie semplicemente le sue cose mentre stiamo tutti lì a guardarlo. In qualche modo, confusa, riesco a scendere dal divano e andare verso Juliet, che mi abbraccia.

Hudson è di fronte a noi, tra noi e Nick. Hudson gli lancia la borsa e lo accompagna verso l'ascensore.

"Stai bene?" Chiede Dylan.

Annuisco.

"Cosa è successo?" Chiede. Ma non sopporto di rivivere l'accaduto. Le lacrime mi si accumulano negli occhi e provo a trattenerle. Senza successo.

"Niente, davvero," dico finalmente.

"Che cazzo ha fatto?" Chiede Juliet.

Provo ad aprire la bocca per dire qualcosa, ma non viene fuori nulla. "Non posso," riesco finalmente a sussurrare. Corro nella nostra stanza e sbatto la porta.

Affondo la testa nel cuscino e cerco di bloccare fuori il mondo intero. Quando Hudson ritorna, lo sento spiegare cosa è successo a Dylan e Juliet. Sono contenta che lo faccia perché so di non avere la forza di dirlo ad alta voce.

La mattina seguente, decido di saltare le lezioni del mattino per stare nel letto, fissando il soffitto. Juliet è partita presto per le lezioni e la stanza è terribilmente silenziosa. Quando il silenzio diventa assordante, metto le cuffie e provo a scacciarlo. Essere sola con i miei pensieri in questo momento è l'ultima cosa che voglio.

"Alice?" Sento un leggero bussare alla porta attraverso "Just Dance" di Lady Gaga.

"Entra," dico senza mettermi seduta sul letto e senza preoccuparmi di abbassare la musica.

Hudson entra. Sembra stanco e preoccupato. L'ultima volta che aveva questa faccia era rimasto sveglio per due giorni consecutivi lavorando sul suo articolo su Sherman e la guerra civile.

"Volevo solo vedere come stavi," chiede. Si siede sul mio letto. Dovrei alzarmi, ma tutto ciò che riesco a fare è abbassare la musica.

"Sto bene." Alzo le spalle. "Grazie."

Lui annuisce.

"Intendo davvero. Grazie. Non so cosa avrei fatto se tu non fossi arrivato." Il solo pensiero mi fa venire i brividi e mi rannicchio. Mi mette una mano sulla schiena e mi sfrega leggermente le spalle.

"Vuoi che rimanga?" chiede. Lo guardo. Non so cosa dire. Alzo le spalle e lascio decidere a lui.

Si mette nel letto con me, sopra alle coperte. Mi avvolge nelle coperte e mi avvicina a lui. Mi abbraccia la schiena. Il calore che emana riempie l'intera stanza e infine penetra nella freddezza dentro di me. Le lacrime iniziano a scendermi giù per il viso. Non sono lacrime di rimpianto o rimorso. Non sono lacrime di tristezza. Sono lacrime di sollievo.

"Hello" di Adele inizia. Tiro via uno dei miei auricolari e lo metto nell'orecchio di Hudson. Alzo la musica e ascoltiamo la sua canzone che descrive quello che entrambi proviamo. Mi stringe più forte con le braccia mentre ci addormentiamo.

CAPITOLO VENTUNO

Dopo quel giorno, è successo qualcosa di insolito. Pensavo che tutto tra Hudson ed io sarebbe tornato alla normalità. La nuova normalità che avevamo stabilito a scuola. La normalità che sostanzialmente consisteva nel fatto che ci evitassimo a vicenda. Fare due chiacchiere, ma non approfondire mai. Non avvicinarsi mai. Non è andata così. Invece, quella freddezza che esisteva tra noi sembra essere svanita.

Hudson è rimasto con me nel mio letto tutto il giorno mentre mi addormentavo. Quella sera, abbiamo ordinato cinese e abbiamo guardato

Archer su Netflix. Ho riso così tanto che ho quasi fatto pipì nei pantaloni. Lui ha riso insieme a me.

La mattina seguente, penso che le cose tra noi torneranno ad essere fredde e distanti. Ancora una volta, ciò non succede. Vedo Hudson in cucina e lo sento lamentarsi del suo professore di economia, chiamandolo sapientone.

"Dovrebbe esserlo; è il tuo insegnante," dico.

"Ma non così. È solo un coglione. Potrebbe sapere tutto di economia, ma non sa tutto di tutto, eppure si comporta come se così fosse. Odio la sua fottuta arroganza."

Sorrido e guardo Hudson finire la sua imbevibile tazza di caffè nero. Non l'ho mai visto prendere il suo caffè con zucchero o latte, e la sua capacità di consumare tanta caffeina bollente così rapidamente mi ha sempre sorpresa.

"Ci vediamo, stasera?" Dice Hudson mentre esce.

"Sì, certo." Alzo le spalle, cercando di comportarmi come se non mi avesse preso alla sprovvista.

"Va bene, allora ci vediamo," dice.

Certo, ci rivedremo. Siamo coinquilini, ma dal modo in cui l'ha detto sembrava quasi che non vedesse l'ora. Non abbiamo parlato così nemmeno una volta da quando siamo a New York. Tutto questo è troppo strano, decido. Stasera la situazione è destinata a scemare.

MERDA. Merda. Merda.

Torno a casa quel pomeriggio, ribollendo di rabbia. Come ho potuto lasciare che ciò accadesse? Era un buon compito. Ho impiegato un'intera settimana per scriverlo. Non ho procrastinato. L'ho riletto tre volte e ho corretto tutti gli errori di battitura e quelli grammaticali. Ha una tesi chiara e buoni argomenti a sostegno. Ho davvero letto il libro, a differenza di alcune persone della mia classe.

Getto la borsa sulla sedia e apro il frigorifero, senza pensarci. Non ho fame. Non so cosa stia cercando. Quindi, lo guardo come se contenesse tutte le risposte ai misteri del mondo, invece che solo un pacchetto di mozzarella ammuffita e un cartone di latte scaduto.

"Stai bene?" Chiede Hudson, cogliendomi impreparata. Quasi faccio un salto per lo spavento.

"Oh mio Dio, mi hai spaventata," dico. "Non ti avevo visto lì."

Si scusa e mi chiede di nuovo se stia bene.

"Sto bene." Alzo le spalle. Non voglio approfondire, ma poi lo faccio. "Ho appena ricevuto una C sul mio primo compito di inglese."

"Oh, mi dispiace. Che merda."

"Sì, soprattutto perché ero certa che fosse buono. Ne sono certa."

"Forse è stato una specie di errore," ipotizza Hudson. Alzo le spalle. "No, davvero, ho sentito parlare di cose del genere," dice.

"Non credo." Gli lancio il foglio. "Tutti gli errori sono in rosso."

Lo guardo esaminare il mio foglio. C'è così tanto inchiostro rosso che sembra stia sanguinando.

"La cosa che mi fa veramente arrabbiare è che ora non sono più così sicura di dover seguire inglese. Voglio dire, forse non sono così brava, dopo tutto. Forse non è il caso di continuare se non riesco a prendere meglio di una C in un corso di inglese per matricole."

È bello dirlo a Hudson. È mio amico da molto tempo, molto prima di uscire insieme, e potevamo sempre parlarci delle cose che succedevano nelle nostre vite.

"Ascolta, se pensi che dovresti rinunciare alla tua passione solo per uno stupido voto, allora sei pazza. Ami l'inglese e vuoi essere una scrittrice da quando ho memoria. E adesso hai intenzione di rinunciare a causa di un voto?"

Alzo le spalle. Quando la mette così, sembra stupido.

"Mi viene solo da chiedermi se sono abbastanza brava. Voglio dire, se non lo fossi? Quale sarebbe il punto? È una cosa così difficile da fare, è così difficile fare effettivamente dei soldi scrivendo, quindi non dovrei eccellere anche solo nel continuare? E se non riesco a superare la C nel mio primo corso universitario, allora forse non sono affatto così brava."

Hudson alza gli occhi al cielo e scuote la testa.

"Cosa?" Chiedo. Conosco quello sguardo. Ha molto da dire; si sta solo trattenendo.

"Niente." Scrolla le spalle. "Se è quello che pensi, allora va bene così."

"Okay, okay. Cosa c'è?" So che vuole che insista.

"Vuoi davvero saperlo?"

"Sì, è per questo che sono qui." Annuisco.

"Beh, penso che sia ingiusto."

"Cosa c'è di ingiusto?"

"Che gli artisti siano misurati secondo questo ridicolo standard di successo. Il tipo di standard su cui nessun altro viene misurato."

"Cosa intendi?" Chiedo.

"Beh, stai pensando di rinunciare a diventare una scrittrice a causa di una lezione, giusto?"

Annuisco.

"Beh, scommetto che ci sono migliaia di futuri ragionieri e specialisti in economia, del resto, che non prenderebbero mai in considerazione la rinuncia ai loro sogni solo perché hanno preso una C in uno dei loro primi progetti durante la loro prima lezione universitaria. Ciò che è ingiusto è che il mondo intero abbia questa tendenza a pensare che solo perché non abbia sentito parlare di qualche attore, pittore o scrittore allora questo è in qualche modo un fallimento. Il resto di noi non è paragonato allo stesso modo. Quello che voglio dire è che la gente pensa che se non sei Hemingway o Picasso o Elizabeth Taylor, allora sei un fallimento come artista. Ma non ci sono simili confronti nella contabilità."

"Quindi, quello che stai davvero dicendo è che dovrei andare oltre?" Dico.

"Sì! Ovviamente dovresti. È solo un voto o una lezione. Chi diavolo se ne frega?"

"E cosa ti rende così sicuro?" Chiedo.

"Perché credo in te. Ho letto le tue storie, ricordi?
So quanto tu sia brava. Quindi, a chi importa
cosa pensa un professore del tuo articolo su *Il
Giovane Holden*?"

"In realtà era su *L'Uomo invisibile*," dico con un
sorriso.

CAPITOLO VENTIDUE

Hudson ha ragione. Ovviamente, ha ragione. Questo è solo un compito in un corso. Anche se è l'intero corso. Anche se prenderò solo C durante tutto il corso (il solo pensiero mi fa rabbrividire), e allora? Cosa importa, nel grande schema delle cose?

I miei pensieri hanno un senso per me a livello intellettuale, ma non a livello innato, istintuale, che vive da qualche parte nelle mie viscere.

"So che hai ragione," dico. "Ma..."

"Argh, il bacio della morte," scherza Hudson.

"Va bene, va bene, lo so. Ma ho ancora dei dubbi, sai?"

"Lo so. Li hai da quando eri una bambina e vuoi fare la scrittrice da quando eri una bambina."

"Mmm, sei così fastidioso." Getto le mani in aria. "Perché mi conosci da così tanto tempo?"

Hudson sorride. "È così, mia cara. Non puoi nascondermi il tuo vero io. Ti conosco troppo bene."

Alzo gli occhi al cielo. Mi sto segretamente divertendo. Questa battuta. Mi sembra di essere in terza media. Quando eravamo ancora amici. Prima di iniziare a uscire insieme e che tutto diventasse molto più complicato.

"Okay, cosa? In cosa consisteva il "ma"?", Chiede infine.

Alzo le spalle. "Non lo so. Penso solo che forse dovrei andare a Medicina. Voglio dire, essere medico è una buona opzione, giusto?"

"Sì, essere medico è una buona opzione. Il mondo ha bisogno di più dottori," afferma con poca brillantezza.

"Ma?" Mi spingo dove so che è diretto.

"Puoi sicuramente diventare un medico. Certo che puoi. Ma, secondo la mia modesta opinione, al mondo mancherà qualcosa."

"Mancare? I dottori non salvano vite?" Chiedo.

"Sì, lo fanno," dice Hudson, avvicinandosi a me. Così vicino, per un momento, che penso stia per baciarmi. "Ma i dottori non salvano tante vite quanto gli scrittori."

"Che cosa?" Mi allontano.

"Alice, se non ci fossero arte, film, libri, quale sarebbe il punto di vivere? Per cosa vivremmo tutti, esattamente? Inspirare ed espirare non è abbastanza, lo sai."

Sorrido. "Wow, studi davvero economia? Pensavo fossi un realista."

Hudson si sistema i capelli e apre una lattina di soda. "Un realista?" Chiede con un luccichio negli occhi. "Mai. Sono un grande economista, mia cara. Se il mercato azionario non è un'avventura nella finzione e un'indulgenza nella fantasia, allora non so davvero cosa possa essere."

LE PAROLE di Hudson mi fanno sentire meglio e restiamo insieme per tutto il pomeriggio. Guardiamo show di bassa qualità e mangiamo cibo spazzatura. Facciamo battute su persone del liceo a cui non avevo pensato da anni.

"Oh mio Dio, non vi ho mai visti così," dice Juliet quando entra in salotto per riposarsi e rilassarsi dopo un lungo pomeriggio di lezioni di respirazione. Sta effettivamente seguendo un corso sulla respirazione. Riuscite a crederci? Secondo lei, in realtà è difficile. Non deve leggere *L'Uomo Invisibile* e scrivere un articolo di 5.000 parole sulle lotte di razza e classe nell'America degli anni '60. Forse dovrei specializzarmi nella recitazione.

"Tipo come?" Chiedo, sempre ridendo del commento di Hudson su qualcuno dello show di Jerry Springer e del nostro insegnante di Storia di terza media.

"Come voi due in realtà vi piacciate," dice. "Dylan, li hai mai visti così?"

Dylan alza lo sguardo dalla sua ciotola di cereali.

"No, non proprio. Anche se Alice e Hudson come amici sono un bel cambio di passo rispetto ad Alice e Hudson come ex amanti che non possono sopportarsi a vicenda."

"Ehi! Certo che riuscivamo a sopportarci a vicenda," afferma Hudson. "Le cose erano solo... complicate."

"Sì, molto complicate," dico. "Siamo sempre stati amici."

Dylan e Juliet si scambiano occhiate. "Con amici del genere, chi ha bisogno di nemici," dice.

"Non eravamo *così* male," dico.

"Eravate impossibili," dice Dylan. "Onestamente, questo è molto, molto meglio. Almeno molto più divertente per noi," dice riferendosi a lui e a Juliet. Lei annuisce.

"Ehi, vorreste uscire e festeggiare questo nuovo sviluppo? Stavo pensando di bere da qualche parte sulla Amsterdam Avenue." Suggerisce Juliet.

"Sembra divertente," Dylan e io diciamo allo stesso tempo e scoppiamo a ridere.

"Hudson?" Chiede Juliet.

"Mi piacerebbe, ma in realtà ho un appuntamento, stasera. La prossima volta?" lui chiede.

Appuntamento. Ovviamente. Mi ero completamente dimenticata di Tea. Come ho potuto dimenticare Tea? Hudson la sta ancora vedendo e io e lei non abbiamo ancora parlato. Mi piace molto, ma non le parlo dal giorno in cui ho scoperto che lei e Hudson escono insieme. Non è tutta colpa mia. Ha iniziato a sedersi dall'altra parte dell'aula e se ne va subito dopo la lezione. Ha iniziato a studiare con qualcun altro come partner e tutto ciò che avevamo sembra essere svanito in un istante.

"Oh, è fantastico," dico in fretta, anche se temo che non sia stata abbastanza veloce. "La prossima volta? Sì, sicuramente."

Ancora una volta, proprio come mi aspetto che le cose diventino di nuovo strane tra noi, non succede. Sorprendentemente. Juliet e Dylan colmano il vuoto della conversazione e scoppiamo tutti a ridere. È incredibile quanta energia oscura una risata possa risucchiare e trasformare in qualcos'altro di completamente diverso. Spero che Hudson e io continueremo a ridere insieme per il resto della nostra vita. Non lo abbiamo fatto per più di due mesi e sono stati i due mesi più lunghi di sempre.

CAPITOLO VENTITRÉ

OKAY, quindi sto ufficialmente andando avanti
con la mia vita. Hudson è con Tea e va bene. Mi
sta davvero bene. Anche se non fosse con Tea,
non mi interessa. Ho una cotta per qualcun altro.
Come fa quel vecchio detto? Il modo migliore per
superare qualcuno è passare a qualcun altro. Beh,
non sono ancora passata a lui, ma sono
interessata.

È alto, abbronzato e bello. Non conosco il suo
nome o nessuna altra cosa su di lui, tranne che gli
piace disegnare. È così che l'ho visto per la prima
volta. L'ho visto seduto nel cortile, mentre
disegnava sul suo taccuino. Ieri ha disegnato un

bambino che giocava a pallone con sua madre. La somiglianza era sorprendente. Oggi sta disegnando delle mani. Non sono sicura a chi appartengano, però. Sono seduta leggermente dietro di lui, sotto una quercia. Invece di concentrarmi su Thomas Hobbes e su ciò che ha detto sulla società, continuo a cercare il proprietario di quelle mani. Immaginando come sarebbe baciare lo sconosciuto sulla panchina di fronte a me.

Ho questa cotta da quasi una settimana e l'esperienza è esaltante. È un tale cambiamento di ritmo non soffermarsi più su Hudson e guardare avanti con impazienza. Cerco di ricordare l'ultima volta che ho avuto una cotta per qualcuno. Più di due anni fa. È una folle quantità di tempo da passare senza sentire le farfalle nello stomaco. Il nervosismo di come potrebbe essere. Ho solo diciotto anni, accidenti. Quando sono diventata così vecchia? Ecco cosa fa una relazione a lungo termine al liceo.

Una forte raffica di vento soffia improvvisamente e le nuvole avvolgono il sole. Spesse gocce di pioggia iniziano a cadere dal cielo. Getto il mio

quaderno e vari fogli nella mia borsa e mi dirigo
verso la biblioteca. Ora probabilmente non saprò
mai di chi sono le mani della mia cotta. Pochi
minuti dopo, sono dentro la biblioteca e cerco
inutilmente un posto dove studiare. Il posto è
pieno di studenti.

"Ehi, ehi!" dice qualcuno. È lui. La mia cotta
senza nome.

"L'hai lasciato cadere," dice. Sorrido, ma il sorriso
svanisce rapidamente quando vedo quello che sta
trattenendo. È un biglietto per Nick. L'ho scritto
mentre lo guardavo fare uno schizzo, quando
avrei dovuto concentrarmi su Hobbes.

"Grazie." Lo prendo con riluttanza. Odio
ammettere di essere la proprietaria di quella cosa.
Spero solo che non l'abbia letto. Si gira per
andarsene, ma poi si gira.

"Sai, è davvero ammirevole quello che hai scritto,"
dice.

"L'hai letto?"

"Non ho potuto farne a meno. Si è aperto."

Scuoto la testa.

"Cosa, non mi credi?" Lui chiede.

"No, non proprio." Alzo le spalle. Sto per andarmene, ma qualcosa mi ferma. "Sai, non ne avevi diritto. Questo è privato. Non è per un estraneo."

Fa un passo verso di me. I suoi capelli scuri cadono nei suoi occhi incredibilmente blu. Per un secondo, non so dire se sia bagnata per la pioggia o mi sta sciogliendo per il suo sguardo.

"Sono Simon," dice.

Lo fisso. Non ho idea del perché mi abbia appena detto il suo nome.

"Ecco, non siamo più estranei ora che conosci il mio nome. Alice."

Come cazzo conosce il mio nome? Sto ribollendo. Sono imbarazzata. Di tutte le cose che ha trovato, perché ha dovuto leggere quel biglietto? Gli lancio un'occhiata. È bagnato e l'inchiostro è macchiato, ma riesco ancora a distinguere tutte le parole. Le conosco a memoria.

. . .

C*ARO* N*ICK,*

Grazie. No, davvero. Questo non è uno scherzo. Questa è un biglietto di ringraziamento vero e proprio. Non riesco proprio a credere che ti stia scrivendo tutto questo o ringraziandoti per aver cercato di prevalere su di me, ma lo sto facendo. Il fatto è che, se non lo avessi fatto, allora io e Hudson saremmo ancora estranei, ma poiché invece è successo, io e Hudson siamo di nuovo amici.

C'è questa sensazione di normalità tra noi e finalmente sto iniziando a sentirmi come se non stessi camminando su bicchieri di cristallo quando sono intorno a lui. Resti comunque un coglione per aver fatto quello che hai fatto e spero che tu cerchi dell'aiuto. Ne hai bisogno. Apparentemente, non sai che quando una ragazza dice di no, significa no. Comunque, grazie. Grazie per essere un coglione e uno stronzo.

S*ENZA AMORE,*

Alice

. . .

"Non hai il diritto di chiamarmi Alice," dico, le mie guance arrossate da un misto di eccitazione, rabbia e imbarazzo.

"Non ho il diritto di chiamarti Alice? Non è quello il tuo nome?" Mi guarda divertito.

"Sì, ma non ti ho detto il mio nome. L'hai letto in questo biglietto super personale che ho scritto, non per te."

"Non ho potuto fare a meno di leggerlo," dice Simon.

"Non hai potuto fare a meno di leggerlo? Cosa diavolo significa?" La mia voce sta diventando più forte e il bibliotecario mi zittisce severamente. Passo a sussurrare ad alta voce. "Non avevi il diritto di leggerlo."

"Lo so," sussurra dolcemente. Simon ha uno sguardo così compiaciuto sul suo viso che mi fa venire voglia di dargli un pugno e poi baciarlo e poi di nuovo dargli un pugno. "Questo è il motivo per cui ho pensato che lo avresti voluto indietro."

"Bah, va bene." Mi giro sui talloni ed esco. Questa conversazione è stata chiaramente inutile.

Quando raggiungo la seconda serie di doppie porte uscendo dalla biblioteca, sono certa di averlo seminato. Mi sento sollevata e un po' delusa.

"Perché non mi lasci riparare la cosa?" Chiede Simon con la sua voce calma e roca. Le mie labbra si arricciano in un sorriso e sono grata di dargli le spalle. Non voglio dargli questa soddisfazione.

"E perché dovrei?" Chiedo.

"È la cosa giusta da fare e so che tu lo vuoi."

Ora mi infurio. "Io cosa? Cosa voglio? Per favore." Alzo gli occhi e mi dirigo fuori, sotto la pioggia. Perché non ho portato con me uno stupido ombrello? Mi maledico. Sono una tale idiota.

"Mi hai fissato tutto il giorno." Simon segue da vicino dietro di me.

"Non è vero!" Grido senza voltarmi per affrontarlo. Sto camminando svelta, il più velocemente possibile senza correre, ma si sta tenendo al passo come se niente fosse. Perché la pioggia blocca il mondo intero e rende così difficile sentire una parola? Riesco a malapena a sentirmi pensare.

"Mi stai fissando da giorni," dice. È una buona cosa che mi stia congelando e mi stia bagnando completamente, altrimenti so che le mie guance sarebbero infuocate, in questo momento.

"A proposito, gli artisti sono terribilmente percettivi. Quindi, se mai fisserai un altro artista in futuro, sappi solo che probabilmente ne sarà consapevole."

Alzo gli occhi come se non potessi nemmeno giustificare la sua risposta con una risposta. Principalmente perché non so cosa dire. Ancora una volta, sento questa strana sensazione nel mio stomaco - come se volessi dargli un pugno e baciarlo.

"Ehi, dai." Afferra il dorso della mia giacca e mi gira. "Lasciami riparare il danno. Per favore? Solo una tazza di caffè."

I suoi occhi sono sinceri, ora. Il suo viso non è più compiaciuto, ma aperto, invitante. Vuole davvero prendere un caffè con me.

"Bene," dico finalmente.

"Eccellente!" Gli occhi di Simon si illuminano. "E comunque, così che tu lo sappia, quelle mani che stavo disegnando oggi, appartengono a te."

CAPITOLO VENTIQUATTRO

Mentre bevo un caffè, scopro che Simon viene dal Regno Unito. Ho notato un leggero accento, ma a quanto pare è cresciuto a New York e Dubai, dove suo padre era a capo di una divisione di ingegneria petrolifera. La sua famiglia ora vive a Londra. Simon è al secondo anno e studia design. Gli piace disegnare e farlo all'esterno perché "è lì che sta la vita", dice.

Simon è così aperto sulla sua arte, sul suo scopo nella vita, che all'improvviso mi sento come se mi fossi chiusa in un armadio. Come se non fossi onesta su chi sia. Come se stessi vivendo una bugia. Forse è così. Quindi, decido di cambiare le cose.

"Allora, che mi dici di te? Cosa fai?" Mi chiede.
Sono colpita dalla sua scelta di parole. Non mi
chiede cosa stia cercando di fare, cosa stia
pianificando di fare quando sarò grande, in cosa
mi stia specializzando. Invece, mi chiede cosa stia
facendo ora. Come se non fossi in una fase di
transizione nella mia vita. Come se stessi davvero
incarnando il mio vero io, in questo momento.

"Sono una scrittrice," dico. È la prima volta che
pronuncio queste parole ad alta voce. Non ho
detto "Sono un'aspirante scrittrice" o "Sto
pensando di diventare una scrittrice". Mi sento
libera. Sono esposta. Non nascondo chi sono. La
frase è così semplice ed elegante e mi ci sono
voluti diciotto anni per formularla e incarnarla.
Ammettere al mondo, e a me stessa, che è quello
che sono.

Guardo Simon. Lui scrolla le spalle. Lo accetta.
Come se non fosse un grosso problema.

"Fantastico," dice.

Sì, lo è.

Sorseggiando un caffè, Simon e io scopriamo che
abbiamo molto in comune. È strano, dato che

abbiamo avuto un'educazione molto diversa. Immagino che i genitori possano essere molto simili, indipendentemente dalla cultura o da dove risiedono nel mondo. Simon è vicino ai suoi genitori; parlano a giorni alterni, ma non sono contenti della sua scelta di carriera.

"Crescendo, mio padre mi ha sempre detto che voleva che facessi qualsiasi cosa mi rendesse felice. Solo che, per lui, ciò significava che avrei dovuto dedicarmi all'ingegneria. Come lui."

So esattamente di cosa sta parlando.

"Era sinceramente angosciato quando ho iniziato a dipingere, al liceo. Pensa che i musei siano un posto dove andare in vacanza solo per dire che l'hai fatto, ma per nessun altro motivo. Ma per me, ho sentito questa euforia la prima volta che ho visto il *Galata Morente*, a Roma. Era la cosa più bella che avessi visto fino a quel momento e mi ha toccato ad un livello profondo. Avevo quattordici anni e sapevo che, qualunque cosa avrei fatto, volevo fare qualcosa che avrebbe fatto sentire le altre persone come quando ho visto quella scultura."

QUELLA CHE DOVEVA ESSERE una tazza di caffè finisce per diventarne tre. Restiamo per quasi tre ore nella caffetteria a parlare, discutere e, soprattutto, ridere. Quando finalmente mi riporta al mio appartamento, in realtà mi sento un po' triste per il fatto che ci stiamo separando. È così facile parlare con lui, sembra che la magia sia nell'aria. Ho paura di rompere l'incantesimo.

In fondo al viale, Simon mi afferra la mano. Mi avvicina a lui e mi toglie alcune ciocche di capelli dal viso.

"Hai gli occhi più belli del mondo," sussurra con la sua voce roca che mi fa cedere le ginocchia.

Le sue dita ruvide indugiano intorno al mio collo mentre si lecca le labbra. Si avvicina a me. Sento il suo respiro sul mio viso. Poi mi bacia. Divide le mie labbra con le sue.

Quando mi nasconde le mani tra i capelli, lo bacio anch'io. Lo spingo e la passione che cresce dentro di me mi pervade. Ci spingiamo l'uno contro l'altro, i nostri corpi si intrecciano e si separano con i nostri respiri.

Restiamo lì finché non perdo tutto il senso del tempo e dello spazio intorno a me. Il mondo intero cade e noi siamo gli unici che esistono. Gli unici che contano.

"Prendetevi una stanza!" Sento qualcuno che dice debolmente dietro di me. Improvvisamente, il mondo esterno si precipita tra noi.

Simon continua, ignorando il commento, ma non posso fare a meno di allontanarmi.

"Alice?" Dylan dice con una risatina. "Mi dispiace, non sapevo che fossi tu."

Poi li vedo. Hudson e Tea. Stanno dietro Dylan. Entrambi sembrano a disagio.

Faccio l'unica cosa che mi viene in mente di fare.

"Simon, questi sono i miei coinquilini, Dylan e Hudson. E lei è..."

Non so come presentarla. Pensavo fosse un'amica, ma non lo è. È la prima volta che la vedo davvero da molto tempo. "E questa è Tea. A tutti, questo è Simon."

"Ciao, Simon," dicono tutti praticamente allo stesso tempo.

Simon annuisce.

"Stiamo andando al piano di sopra per prepararci ad uscire. Unisciti a noi," dice Dylan con nonchalance. Tea, Hudson e io lo fissiamo come se fosse pazzo, ma non sembra accorgersene.

"Sicuro," dice Simon.

Ora guardo Simon come se avesse perso la testa, ma non c'è più niente da fare. Non posso non invitarlo.

CAPITOLO VENTICINQUE

QUELLA SERA, stiamo tutti e sei insieme.
Pensavo che sarebbe stato imbarazzante e
scomodo, ma per qualche motivo non lo è. Juliet
cuoce le uova nel suo solito modo, lasciando
Simon in soggezione.

"Cosa stai facendo?" Le chiede quando mescola le
uova con una forchetta e mette la ciotola nel
microonde.

"Preparo delle uova strapazzate". Lei scrolla le
spalle. Dylan, Hudson e io la guardiamo fare
tutto questo ogni sera. Le piace fare colazione la
sera. È "uno dei vantaggi di essere grandi",
secondo lei.

"Nel microonde?" Chiede Simon, chiaramente avendo problemi a elaborare l'intero concetto.

"Lo fa sempre," dice Dylan, come se spiegasse qualcosa di folle.

"Non avevo idea che si potesse fare." Simon scuote la testa. Noto che il suo accento inglese diventa più marcato quando sorpreso o in soggezione. È così adorabile, ci vuole tutta la mia forza per non saltare sul divano e baciarlo.

"Juliet è un'esperta di cucina a microonde," spiega Hudson. "Dovrebbe scrivere un libro e insegnare a tutti noi semplici mortali."

Simon scuote la testa e ride. "Oh mio Dio, è blasfemo."

"Che cosa?" Chiedo.

"Cucinare nel microonde, ovviamente. O che sia addirittura considerato cucinare." Lui ride.

"Io penso che sia davvero fantastico," dice Hudson. Stiamo tutti scherzando, prendendola in giro, ma qualcosa su come Hudson dice quelle parole cambia l'intero tono della conversazione. Posso dire che tutti lo hanno notato.

"Lo so anche io. Non volevo dire nulla, Juliet,"
dice Simon. Lei scrolla le spalle, chiaramente non
preoccupata. Juliet è una di quelle persone che
lasciano scivolare via le cose che non contano.
Incredibile. La ammiro molto per questo, anche
se spesso vorrei ucciderla per lo stesso motivo.
Voglio dire, come vive la vita in quel modo?
Veramente?

La serata continua senza intoppi. Molto meglio
di quanto pensassi, onestamente. Tranne che col
passare del tempo e più mi immergo nella mia
conversazione con Juliet e Tea,
improvvisamente noto che Simon e Hudson
sembrano non essere d'accordo su praticamente
nulla.

Non sono d'accordo sul testo corretto di
"Wrecking Ball" di Miley Cyrus. Lo controllano e
Simon ha ragione.

Non sono d'accordo sul fatto che il Natale cadrà
in un giorno feriale o un fine settimana
quest'anno. Come o perché quell'argomento di
conversazione sia mai emerso, non lo saprò mai.
Controllano e Hudson ha ragione.

Non sono d'accordo su chi suonerà nel Super Bowl quest'anno. Non c'è ancora modo di saperlo. È solo ottobre.

Dopo un po', Tea si infastidisce che l'attenzione di Hudson sia interamente focalizzata su Simon e se ne va presto. Lui le fa un cenno di saluto senza nemmeno preoccuparsi di alzarsi o accompagnarla alla porta, e lei si arrabbia. Hudson può essere molto insensibile a volte, e sono contenta che, per una volta, non mi trovi io dall'altra parte. Mezz'ora dopo, anche Simon se ne va, ma non prima che lui e Hudson bisticcino un po'.

Non sono sicura di ciò che lo stia provocando perché sono nel mezzo di una conversazione molto importante con Juliet sul modo corretto di rimuovere la colla dalle ciglia finte. Poi all'improvviso sento Hudson dire, "Sai, non devi essere così uno stronzo al riguardo."

"Riguardo a cosa? Sto solo affermando la mia opinione."

"Oh, andiamo. Sai esattamente di cosa sto parlando," dice Hudson e si precipita nella sua stanza.

"Di che si trattava?" Chiedo.

"Al tuo compagno di stanza non piace sentire la verità," dice Simon, chiaramente non meravigliato. Si stringe nelle spalle e mi dà un piccolo bacetto sulla guancia. "Devo andare."

"Oggi mi sono divertito," dice Simon mentre aspetto l'ascensore con lui.

"Anch'io."

"Ti posso vedere di nuovo?" Mi chiede.

"Sì, certo," dico e mi avvicino per baciarlo.

QUANDO TORNO NELLA STANZA, Hudson cammina nel soggiorno. È arrabbiato. Molto arrabbiato. Non l'ho mai visto così.

"Posso parlarti?" Mi chiede. Annuisco. "In privato?"

Lo seguo nella sua stanza. Improvvisamente, mi rendo conto che questa è la prima volta che sia mai stata qui dentro. Mi guardo intorno. Quasi ogni centimetro quadrato di spazio vuoto nelle pareti è coperto da poster. Ragazze in bikini. Poster di Lakers e 49ers (chiaramente, di Hudson). Poster di Yankees e Knicks (di Dylan). Lo stereotipato poster del John Belushi College, che sembra essere un requisito per la stanza di ogni ragazzo del college. Poi c'è l'odore. No, non odore. Fetore. Il posto odora di vecchi burritos e sudore.

"Non avete mai pulito questo posto?" Chiedo.

"Siamo spiacenti, siamo andati in quel negozio di candele che tu e Juliet amate, ma hanno detto che lo avete svuotato," dice senza perdere un colpo.

"Ah-ah molto divertente." Sorrido. È bello scherzare di nuovo con lui. Mi rendo conto che è questa battuta che mi è mancata negli ultimi mesi. Non è nemmeno il bacio, il sesso o il contatto. È la battuta amichevole. Sembra di essere di nuovo ai vecchi tempi. Molto tempo fa. Quando eravamo amici e le cose erano meno complicate.

"Allora, di cosa volevi parlare?" Chiedo.

"Quel ragazzo. Simon," dice Hudson, allungando il suo nome nel tentativo di deriderlo. Funziona. Alzo gli occhi al cielo.

"Vuoi parlare di Simon?" Chiedo.

"Sì. Che succede con lui?"

"Niente." Alzo le spalle. "Non so cosa intendi."

"Lo stai vedendo o qualcosa del genere?" Chiede Hudson.

"Non lo so. Suppongo di sì. Oggi è stato il nostro primo appuntamento. Beh, in un certo senso," dico. Improvvisamente mi riprendo. Non so perché gli sto dicendo tutto questo. Non sono affari suoi. "Perché ti interessa?" Chiedo.

"Si muove veloce, vero?" Hudson evita la mia domanda.

"Di cosa stai parlando?"

Hudson ricomincia a camminare per la stanza. Non sta più parlando con me, ma contro di me.

"Aveva già la lingua nella tua gola e poi ha incontrato i tuoi coinquilini," dice, evitando il contatto visivo con me.

Non ho mai visto Hudson in questo stato. Che diavolo sta succedendo? Poi capisco.

"Aspetta un secondo," dico. "Cosa sta succedendo? Sei geloso? Veramente?"

Sorrido. Mi sento raggiante. Provo a smettere di sorridere, ma non ci riesco.

"No, non sono geloso," dice rapidamente Hudson. Un po' troppo in fretta per essere credibile.

Può negare tutto ciò che vuole, ma lo vedo. È geloso.

"Come puoi essere geloso? Hai una ragazza!" Dico.

"Chi, Tea? Non è la mia ragazza," dice. Solco le sopracciglia. Non gli credo.

"Lei lo sa? Perché dall'aspetto sembra che lo sia."

Lui scuote la testa. "No, non lo è. Siamo solo usciti. Ci vediamo. Ma non esclusivamente. Nulla di serio."

Scuoto la testa. Mi sento male per Tea. Non penso che lei la veda così. "Beh, in tal caso, dovresti parlarle. Non sono sicura che siate sulla stessa pagina."

Mi guarda dritta in volto. "Non cambiare argomento," afferma.

"Da cosa?"

"Da te."

"Non lo stavo facendo." Alzo le spalle.

"Allora, ti piace quel ragazzo? Simon?"

Ci penso per un momento. Voglio rispondere nel modo più sincero possibile. È quello che fanno gli amici, vero?

"Sì, certamente." Annuisco. "Un sacco."

Alza gli occhi al cielo e scuote la testa.

"E perché a te non piace?" Chiedo. Hudson non ha una buona ragione.

"Ho solo una brutta sensazione, Alice," dice. Ora tocca a me alzare gli occhi al cielo.

"Hudson, non hai una brutta sensazione. Sei solo geloso, ma dovrai superarlo perché non stiamo più insieme," dico ed esco dalla stanza.

CAPITOLO VENTISEI

In qualche modo, Hudson e io cadiamo in una nuova normalità. Passano un paio di settimane. Continua a vedere Tea (spero che abbiano discusso della loro relazione e che non la stia usando, ma non lo so). Continuo a vedere Simon. Io e Simon usciamo per quattro appuntamenti. Ognuno migliore di quello precedente. Lentamente, ma sicuramente, stiamo arrivando in quel posto. Sapete, sesso. Possibilmente.

"Quindi non lo avete ancora fatto?" Chiede Juliet una notte mentre si sistema delle extension tra i capelli.

È un argomento inaspettato, ma avevo intenzione di parlarne con qualcuno. Lei potrebbe essere la mia migliore opzione.

"No, non ancora," sospiro. "Non sono sicura di essere pronta."

"Che cosa? Perché?" Mi fissa come se avessi perso la testa. Chiaramente, devo spiegarglielo senza mezzi termini.

"Beh, non l'ho fatto con nessun altro da quando stavo con Hudson. Quindi, mi sento un po' a disagio per l'intera faccenda."

"Ti piace Simon, vero?"

Annuisco.

"Quindi, cosa c'entra Hudson?" Chiede, pettinando una delle extension.

Le sembra tutto così semplice. Vorrei essere più simile a lei. Senza complicazioni. Nessuna analisi. Vivere la vita d'istinto, ma ho un problema nel vivere troppo nella mia testa. Non mi ha mai fatto molto bene. Non so davvero come fermarmi.

Alzo le spalle. Non so come risponderle. "Non ha nulla a che fare con lui. È strano."

Lei alza gli occhi al cielo. Indossa così tanto trucco che il rollio degli occhi risulta particolarmente esagerato, ricordandomi un personaggio dei cartoni animati.

"No, la cosa strana è che Hudson stia vedendo quella tizia grassa dopo aver scaricato te, tra tutte le persone, e lo stanno facendo come conigli mentre tu esci con qualcuno più sexy del tuo ex e non lo fai con lui."

Le parole di Juliet mi lasciano senza fiato. Non so nemmeno da dove cominciare a rispondere a quell'affermata serie di stronzate che mi ha lanciato addosso. Decido di iniziare dall'inizio.

"Prima di tutto, Tea non è grassa," dico.

"È robusta," io e Juliet diciamo allo stesso tempo. Juliet mi sta prendendo in giro.

"Ed è davvero simpatica," aggiungo.

Juliet scrolla le spalle. "Beh, se vuoi andare in giro fingendo di amare la nuova ragazza del tuo ex, fallo. Non lo vedo fare la stessa cosa per te, ma va bene."

"Cosa intendi?"

"Cosa intendo?" Juliet si gira verso di me e usa il bigodino per puntarmi. "Alice, Hudson ha una ragazza ed è super geloso di quello che stai facendo con Simon - un ragazzo con cui non stai nemmeno dormendo."

Odio ammetterlo, ma questo mi rende davvero felice. Sento un piccolo sorriso formarsi sul mio viso e lo scaccio via. Cambio argomento.

"Pensi davvero che Simon sia più sexy?" Chiedo.

Juliet alza di nuovo gli occhi al cielo. "Non ti degnerò di una risposta. Il tuo attaccamento a Hudson è ridicolo. Ha fatto un casino. Ha rotto con te. Perché non puoi semplicemente andare avanti?"

"Sto andando avanti," dico. Non sembra più che stiamo scherzando. Ora mi sto arrabbiando. "Non rivoglio Hudson. Non lo riprenderei nemmeno se volesse tornare insieme," aggiungo.

Non ho mai detto quelle parole ad alta voce. A malapena le ho pensate, prima. Dirle ora mi fa bene. Sono oneste. Sì, non lo riprenderei con me. È finita. Abbiamo finito.

"Allora, perché hai così paura di andare a letto con Simon?" Chiede Juliet.

"Non lo so." Alzo le spalle. "L'unica cosa che so per certo è che non ha nulla a che fare con Hudson. Sono solo io. Non ho dormito con nessun altro. Forse ho solo paura."

Più TARDI, quella sera, Juliet esce in uno dei locali di Soho. È martedì sera. A Juliet piace uscire nei giorni feriali perché, secondo lei, "è quando i club sono pieni di gente del posto". Sono uscita con lei una volta durante la settimana, ma il giorno dopo non sono riuscita a concentrarmi per nulla, in classe. Lei esce un paio di volte a settimana e insiste sul fatto che il giorno dopo stia perfettamente bene. Ma comunque, non trascorro il mio mercoledì mattina dormendo e il mio mercoledì pomeriggio in un corso di respirazione. Come può esserci un intero semestre sulla respirazione? C'è abbastanza materiale per coprire oltre dodici settimane? Se c'è, come diavolo stiamo andando avanti noi, senza questa intensa lezione di dodici settimane su qualcosa di così elementare ed essenziale per la vita? Dubito che scoprirò mai le risposte a queste domande.

Avevo invitato Simon a studiare quel giorno e arriva subito dopo che Juliet se ne va. Sfortunatamente per me, sono l'unica che deve studiare. Lui disegnerà. Non volevo fare alcun piano su ciò che sarebbe accaduto più tardi, stasera, ma ho deciso di stare tranquilla e radermi le gambe e altre parti importanti del mio corpo, per ogni evenienza. Indosso il mio miglior paio di mutandine e mi maledico per non avere un set coordinato di reggiseno e mutandine. Voglio dire, quanto può essere difficile avere un set abbinato? Ora sei un'adulta, Alice. Una donna. Le donne hanno set di reggiseno e mutandine abbinati.

Mi guardo allo specchio. Mutandine nere e reggiseno push-up nero con pizzo e fiorellini vicino alle spalline. Il reggiseno fa sembrare i miei seni come se fossero una coppa C, anche se non lo sono affatto. A mia mamma piace dire che questi reggiseni sono pubblicità false e che gli uomini rimarranno senza dubbio delusi. Io e le mie sorelle sappiamo che sta scherzando, ma nessuna di noi è così dotata come lei. A questo punto della mia vita, non sono pronta ad andare sotto i ferri come hanno fatto molte ragazze del mio liceo. Quindi, il reggiseno push-up dovrà bastare. Se rimarrà deluso... oh, bene.

Una volta presa la decisione sugli indumenti intimi, mi rivolgo al mio armadio e trovo una decisione molto più difficile e complicata: cosa indossare sopra. Tiro fuori due paia di jeans, due magliette, due camicette, una gonna e un vestito. Provo un totale di quattro outfit. Uno è troppo elegante. Un altro è decisamente troppo elegante. Uno è troppo casual e non abbastanza femminile. Infine, l'ultimo è semplicemente perfetto. Jeans skinny, un maglione polo aderente con strisce bianche e nere e un paio di Ugg con papillon nella parte posteriore. Mi guardo allo specchio. Carina.

Simon arriva puntuale. È vestito con jeans larghi e una maglietta grigia sexy che lo abbraccia nei posti giusti. Dopo avermi dato un breve abbraccio e un bacio caloroso, getta la giacca sul letto di Juliet e si siede sul mio con il suo blocco per schizzi.

"Posso disegnarti, mentre studi?" chiede e inizia a delineare uno schizzo senza aspettare la mia risposta.

"Che cosa?" Chiedo. Le mie mani diventano fredde e dei brividi mi percorrono la schiena.

"Dai. Per favore?" supplica.

Scuoto la testa. *Assolutamente no*, penso tra me.

"Perché?" Mi guarda con i suoi bellissimi occhi azzurri. La luce nella stanza li rende quasi color nocciola e ancora più misteriosi e furbi del solito.

"Perché sono troppo imbarazzata," dico. Non è ovvio? Chi diavolo accetterebbe di essere disegnato e sentirsi a proprio agio?

"Non hai motivo di essere imbarazzata. Sei bellissima."

Simon lo dice in un modo così calmo e senza pretese che finisco per credergli. So che è esattamente ciò che pensa.

"Grazie." Sorrido. "Ma resta ancora un no."

Mette via il suo blocco da disegno e si avvicina a me. Sono seduta con le gambe incrociate dall'altra parte del letto e mi mette le mani sulle ginocchia e si avvicina.

"Dai, sono molto rispettoso," mi sussurra e mi bacia la mano. "Non sarà come il Titanic o altro, se sei preoccupata per questo. Non devi toglierti i vestiti."

"Bene, grazie." Alzo gli occhi al cielo. Non lo ero nemmeno, ma ora lo sono. *Titanic* è il mio film preferito. L'ho visto un milione di volte. Le mie sorelle non ne capiscono il motivo, perché è uscito prima della mia nascita, ma adoro i vecchi film.

Simon mi sorride e rifiuta di rompere il contatto visivo. La menzione di *Titanic* mi ha incuriosita, ma non c'è modo che io posi nuda. Kate Winslet ha molto più coraggio di me.

"Okay, bene. Preparati." Simon si allontana da me. Mi dà una rapida carezza sulla guancia per dimostrare che non ci sono problemi e torna al suo blocco da disegno. Apro il mio taccuino e provo a concentrarmi sui miei appunti su *Il giovane Holden*. Sfortunatamente, riesco a malapena a leggere la mia calligrafia o a distinguere ciò che scrivo. Nulla di ciò che leggo ha alcun senso e dopo cinque minuti di difficoltà, i miei occhi iniziano a spostarsi.

CAPITOLO VENTISETTE

"Aspetta un secondo! Cosa stai facendo?"
Chiedo quando intravedo il lavoro di Simon e
vedo una sagoma del mio viso.

"Niente." Sorride e copre il suo lavoro. Lo prendo
dalla sua mano e corro dall'altra parte della
stanza.

"Ehi! È privato!" urla, scherzando a metà.

"Sì! Esattamente!" Urlo indietro e rido. "Questa è
la mia faccia! Anche questo è privato!"

Simon scende dal letto e inizia a inseguirmi.
Facciamo due cerchi intorno alla stanza prima
che mi raggiunga, mi prenda il suo blocco da
disegno dalla mano e mi faccia cadere sul letto.

Scoppiamo a ridere, e il tutto si trasforma rapidamente in un bacio.

La lingua di Simon scivola sul mio collo e si ferma sul mio seno. Quindi continua più in basso. Mi tira su la maglia e mi bacia l'ombelico. All'improvviso, tutto diventa sfocato. La mia maglia scompare. Gli sbottono i pantaloni. Si sforza di togliermi i jeans. Mi slaccia il reggiseno. Gli tolgo la maglia. Mi accarezza il seno con la lingua. Faccio correre la lingua verso il suo ombelico e tiro i suoi boxer.

"Ehi, hai visto il mio..." Hudson irruppe nella mia stanza.

"Cosa diavolo ci fai qui?" Urlo. Lui si congela sulla soglia. Prendo qualcosa dal pavimento e cerco di nascondermi. È inutile. È il mio reggiseno e non sono nel giusto stato d'animo per indossarlo correttamente. Non riesco ad allacciarlo. Prendo invece una maglietta e me la avvolgo attorno al busto.

Quando alzo lo sguardo, Hudson è ancora lì.

"Hudson! Che diavolo?" Dico. "Fuori di qui!"

Hudson sta lì come una statua di ghiaccio. Vedo Simon sorridere ironicamente. L'espressione sul suo viso lo rende orgoglioso. Se non orgoglioso, allora sicuramente impassibile.

"Hudson! Hudson!" Provo ancora. Questa volta, sembra riprendersi di scatto.

Simon guarda me e poi Hudson. Poi di nuovo me

"Mi dispiace," sussurra e se ne va.

Entro in una sorta di stato di shock. Le orecchie mi ronzano e le mani diventano fredde. Non riesco nemmeno a sentire le punte delle dita.

"Ti vuole con sé," dice Simon e inizia a baciarmi la spalla. Le sue labbra sono fredde ed estranee. Lo spingo via.

"Che cosa?" Chiedo. "Di cosa stai parlando?"

Simon scrolla le spalle.

"Il tuo ex... ti vuole indietro," dice.

Le parole che gli escono dalla bocca non hanno alcun senso per me. Scuoto la testa e guardo più da vicino Simon. Non è geloso o preoccupato.

Invece, trasuda fiducia e nonchalance. È tutta una facciata, mi chiedo? Non sembra.

Simon si avvicina. Mi sto ancora stringendo la maglia attorno al seno nel tentativo fallito di nascondermi. Mi tocca il braccio e cerca di muoverlo. Lo fermo. Senza dire una parola, inizia a baciarmi di nuovo. Il mio collo. Quindi le mie labbra. So cosa sta facendo. Sta cercando di riconquistare il nostro momento. Sta cercando di riportarci a quello che stavamo facendo prima dell'interruzione, ma non riesco a pensare come dovrei. Non riesco a concentrarmi. Non riesco a lasciarmi ricadere in quel mondo. L'interruzione è tutto ciò a cui riesco a pensare.

"Aspetta, aspetta." Mi allontano. "Fermati. Non posso."

"Su, dai. Non lasciargli rovinare il momento," sussurra. La sua voce è inebriante. Le sue labbra sono così sexy. Per un breve momento mi lascio andare, ma poi mi allontano di nuovo.

"No, non posso." Scuoto la testa. "Devi andare."

"Che cosa?" Simon non riesce a credere a quello che sto dicendo.

"Mi dispiace," dico e inizio a vestirmi. "Devo studiare e non dovremmo farlo comunque."

"Posso stare qui e studiare con te," dice. Ci penso per un momento. Forse possiamo solo fingere che nulla di tutto ciò sia accaduto. Poi i miei pensieri si spostano di nuovo su Hudson. No, non posso studiare, adesso. Ho bisogno di aria. Devo uscire da questa stanza.

"No mi dispiace." Scuoto la testa e accompagno Simon fuori dalla stanza.

"Ti chiamo più tardi," dico dall'ascensore. Mi alzo per un bacio, ma Simon è arrabbiato. Non ha detto nulla, ma posso intuirlo. Sposta la testa lontano da me.

"Posso chiamarti più tardi?" Chiedo. Una fitta di paura mi attraversa. E se non volesse vedermi di nuovo? Cosa succederebbe?

"Come vuoi." Simon fa spallucce e sale sull'ascensore.

"A CHE DIAVOLO STAVI PENSANDO?" Metto piede nella stanza di Hudson senza bussare.

Spero di vederlo fare qualcosa di imbarazzante o perfino umiliante, ma è semplicemente seduto sul suo letto con un libro di testo aperto sulle gambe. Mi guarda come se mi fossi persa, come se avesse completamente dimenticato ciò che è appena successo. Argh, mi fa arrabbiare così tanto.

"Che cosa?" Chiede, alzando le sopracciglia. "Cosa sta succedendo?"

"Che cosa? Cosa sta succedendo?" Mi sorprendo a ripetere le sue parole. "TU. Che interrompi ME."

"Senti, mi dispiace, okay?" Hudson scrolla le spalle. "Stavo solo cercando la mia giacca. Pensavo di averla lasciata nella tua stanza."

Scuoto la testa. "È incredibile."

Esco dalla sua stanza e sbatto la porta. Comincio a passeggiare per il salotto pensando a qualcosa da dire. Alla ricerca di parole che possa usare per esprimere la mia rabbia nei suoi confronti, ma non arriva nulla. Voglio sbattere qualcosa.

Rompere qualcosa. Colpire qualcosa. Colpire lui. Hudson!

"Okay, ascolta." Hudson esce nel soggiorno. "Mi dispiace."

"Sei dispiaciuto?" Urlo. Odio come la mia voce si spezzi.

"Mi dispiace, okay? Non volevo interrompere. È stato davvero un incidente." Hudson scrolla le spalle.

Tutto quello che posso fare è fissarlo.

"È ancora qui?" sussurra dopo che non ho risposto.

"No, certo che no! Perché?" Chiedo.

Hudson scrolla di nuovo le spalle. I nostri occhi si incrociano. Lui distoglie lo sguardo. Odio quanto sia sexy quando ha torto. Ha questa tendenza a guardare in basso verso i suoi piedi e spostare un po' il suo peso da un lato all'altro. Aspetto che lasci cadere le spalle ed emetta alcuni sospiri. Lo fa. Perché devo sapere tutte queste cose su di lui? Mi maledico. Dovrei trovare lui e tutte le sue perfette imperfezioni fastidiose e nauseanti, ma non è così. Invece, mi fanno venire voglia di...

Scuoto la testa. No, non ci cadrò di nuovo. Neanche nei miei pensieri. È finita.

"Posso chiederti una cosa?" Hudson chiede dopo alcuni momenti di silenzio. Alzo le spalle e guardo il pavimento.

"Perché ti sei così arrabbiata? Voglio dire, so di averti sorpresa, ma... perché ti sei arrabbiata così tanto, Alice?"

"Non mi sono arrabbiata," dico troppo in fretta. " È che tu non ti muovevi da lì. Perché sei rimasto lì come una statua? Ti ho dovuto urlare un paio di volte prima che te ne andassi."

Hudson si avvicina di un passo a me. Inclina la testa in avanti e i suoi capelli gli cadono in faccia. Siamo così vicini che posso vedere i pori sul suo viso. Misteriosamente, nessuno di loro è nero.

"Ero scioccato," sussurra.

"Perché?" Sussurro. Siamo così vicini che riesco a sentire il suo respiro sulle mie labbra.

"Perché sei andata avanti," dice dopo un momento e distoglie lo sguardo. Si gira e va in cucina.

"Che cosa?" Chiedo con la mia voce normale. Le parole sembrano riecheggiare nella stanza. Hudson si ferma.

"Cosa?" Lui chiede.

"Di cosa stai parlando?" Chiedo. Sento che stiamo andando in cerchio e non stiamo andando da nessuna parte.

"Ero sciocco perché sei andata avanti," sussurra. "Ecco perché sono rimasto lì. Non intendevo interrompervi, davvero. Quando vi ho visti, mi sono sentito come se fossi stato preso a pugni nello stomaco."

Non riesco a capire cosa stia dicendo. Le mie orecchie ronzano di nuovo.

"Di cosa stai parlando?" Chiedo. "Abbiamo rotto, Hudson. Tanto tempo fa."

Lui scrolla le spalle.

"Hai rotto con me, ricordi? E ora dormi con la mia partner, Tea. Ricordi? Quindi, sei sorpreso quando mi sorprendi a letto con Simon? Sei pazzo?"

Mi guarda confuso. "Aspetta, cosa? Dormire con Tea? Chi ha detto qualcosa sul dormire con Tea?

"Non avete dormito insieme?" Chiedo.

"No." Lui scuote la testa. "Non che siano affari tuoi."

"Aspetta, non capisco," dico. "Vi frequentate da un po' di tempo."

Lui scrolla le spalle. "Il tempismo non è stato quello giusto. Stiamo prendendo le cose con calma. Ma non importa, *adesso*. Adesso è tutto diverso, giusto?"

Voglio correre da lui e colpirlo sul petto. Che diavolo vuoi dire? Non importa, *adesso*. Cosa non importa? Perché non importa? Cosa c'è di diverso? Qualcosa mi sta trattenendo. Questo non è il mio vecchio Hudson. Questa persona è diversa e la nostra relazione è diversa. Fragile, nuova, per non dire altro.

"Suppongo di sì," dico finalmente. È tutto ciò che riesco a dire. Distoglie lo sguardo, deluso. *Se vuoi che le cose siano diverse, dimmelo. Dimmi quello che vuoi. Dimmi qualcosa, qualsiasi cosa, di valore*, voglio urlare a pieni polmoni, ma non lo faccio.

"Volevo solo dirti," dice Hudson. Lo guardo con speranza. Forse è così. Forse questo è il momento in cui mi dirà davvero cosa prova per me. "Volevo solo dirti che non succederà più." Termina la frase e mi spezza il cuore.

CAPITOLO VENTOTTO

Hudson e Tea non fanno sesso. Almeno, non fino ad oggi. Non riesco credere di non averlo saputo. Giaccio sul letto, fissando il soffitto e ascoltando Adele. Sono convinta che ascoltare troppo Adele possa essere pericoloso per la mia salute mentale, ma non posso farne a meno. È una droga. Mi ci sono voluti mesi per superare il suo ultimo album, ma ora ha un nuovo album in uscita.

Hudson e Tea non facevano sesso, ma ora che mi ha vista con Simon, lo faranno. Forse, non è poi così male, decido dopo un po'. Voglio dire, e allora? Pensavo che stessero facendo sesso e ora lo faranno sul serio. Perché ho così paura?

Faccio un respiro profondo. Ho così tanto lavoro
da fare. Ho un articolo per inglese e una ricerca
in antropologia. Non ho iniziato nessuno dei due.
Oggi avrebbe dovuto essere il mio giorno di
studio, ma è andato tutto all'aria. Potrei anche
mangiare un po' di cibo spazzatura e guardare la
TV, a questo punto.

Esco in soggiorno. Quando vedo Hudson, gli
faccio un cenno e metto un pacchetto di popcorn
nel microonde. Dylan e Juliet non sono qui, ma
questo non mi impedirà di uscire in salotto.
Hudson e io abbiamo chiuso. Stiamo uscendo con
altre persone. Siamo adulti. Siamo in grado di
essere amici. A partire da adesso.

Hudson sta guardando alcuni show di analisi
sportiva su ESPN. Football, penso.

"Come va?" Chiedo.

"Preoccupato per l'USC questo fine settimana,"
dice. Hudson è cresciuto come un fan dell'USC.
Ora che siamo a quasi 5000 chilometri da Los
Angeles e sta andando in una scuola
completamente diversa, è ancora un fan degli
USC. Mi piace questo suo lato. La sua lealtà.

Gli chiedo chi stia giocando. Inizia un lungo discorso riguardo al nuovo allenatore e al quarterback. Sto solo ascoltando per metà, ma mi sto divertendo comunque. Sono passate solo poche ore dall'incidente con Simon, ma tutto sembra in qualche modo tornare alla normalità. Amici. *Va bene, posso farlo*, mi dico.

"Ehi, stai ascoltando?" lui chiede.

"Sì, certo," mento. Per lui è una conferma sufficiente per ricominciare a parlare. Guardiamo ESPN insieme per un paio d'ore. Trascorro la maggior parte del mio tempo sul telefono a leggere post e perdere tempo su Facebook, ma il nostro tempo insieme è comunque piacevole.

"Bene, penso che ora andrò a letto," dico quando mi rendo conto che sono quasi le undici.

"Vorrei poter fare la stessa cosa," dice Hudson con un sospiro e cambia canale.

"Cosa intendi?" Chiedo.

"Oh, vedi quel calzino sulla nostra porta? Ciò significa che Dylan è lì con una ragazza. Sono stati lì quasi tutta la serata."

Guardo il calzino. È rosso vivo ed è così vecchio che sembra che sia stato lavato un milione di volte (probabilmente dalla governante di Dylan).

"Pensavo fosse solo un cliché. La cosa del calzino si fa davvero?" Rido.

"In che altro modo possiamo sapere di non poter entrare?" Chiede lui. "Sai, a pensarci bene, anche tu e Juliet dovreste sviluppare una sorta di sistema come quello. Altrimenti, sai, chiunque potrebbe semplicemente entrare."

Entrambi scoppiammo a ridere.

"Ci penserò su," dico infine, alzando gli occhi al cielo.

"Allora, chi è lei?" Chiedo.

Lui scrolla le spalle.

"Scommetto che è Peyton," dico.

"No, non credo." Lui scuote la testa.

"Come lo sai?"

"Quando andava in giro con Peyton, prima, uscivamo sempre insieme. Non stava nascondendo nulla. Questa ragazza? Non lo so, è diverso. Sono uscito per alcuni minuti e, all'improvviso, appare un calzino sulla porta. No, questa ragazza è diversa."

Ridiamo di nuovo. È bello ridere con Hudson. Mi rilassa e mi dà pace. Attendiamo altri dieci minuti e poi decidiamo di scommettere.

"Scommetto dieci dollari che è Peyton," dico.

"No, no. Non voglio scommettere con dei soldi."

"Perché?" Indietreggio per lo shock.

"Perché è noioso. Facciamo con le faccende o qualcosa di divertente."

"Tipo cosa?"

"Ad esempio, se vinci, allora devo fare qualcosa per te. Fare il letto, fare il bucato, portarti da qualche parte."

Ci penso per un secondo. Sembra più interessante del denaro.

"Okay, quindi se è Peyton, devi fare il bucato per due settimane," dico.

"Affare fatto," dice. Mi guarda dall'alto in basso come se stesse prendendo delle misure. "E se vinco, se non è Peyton, ma un'altra ragazza, allora devi andare al ballo in maschera dei Phi Kappa Beta con me."

"Che cosa?" Chiedo. Questa è stata l'ultima cosa che mi aspettavo.

"Sto pensando di mettermi in gioco il prossimo semestre. Faranno questo ballo in maschera tra qualche settimana e se voglio andarci devo portare un'accompagnatrice."

È una specie di spiegazione, ma non spiega davvero nulla.

"Ma per quanto riguarda Tea?"

Lui scrolla le spalle.

"Non lo so, okay? Tra Tea e me è complicato. Siamo ad un punto strano. Voglio solo portare un'amica. Qualcuno di semplice."

Annuisco e poi rido. Non posso farne a meno.

"Cosa? Perché stai ridendo?" Chiede.

Alzo le spalle. "Tu e Tea dovete essere ad un punto davvero complicato se vuoi portare con te la tua ex ragazza. Voglio dire, noi due non siamo ad un punto così semplice, sai."

Lui mi viene vicino. "Il fatto è che sei davvero speciale per me, Alice. Quello che tu e io abbiamo... è diverso. Ora che siamo amici, so solo che le cose andranno bene."

Sorrido. Spero abbia ragione.

Hudson e io aspettiamo Dylan e il suo appuntamento misterioso fino a tarda notte. Mi addormento più volte e alla fine mi arrendo, un po' dopo la mezzanotte.

"Non posso più aspettare. Devo dormire un po'," dico.

"Io resto qui," dice lui mentre salgo sul letto. Decido di non chiudere la mia porta. Voglio vedere con chi Dylan ha trascorso tutta la notte. Sono abbastanza sicura di poterli sentire se la mia porta è aperta, decido, mentre mi addormento.

CAPITOLO VENTINOVE

"ALICE? ALICE? SVEGLIATI." Sento qualcuno chinarsi sul mio letto e sussurrare. Per qualche motivo, sono stipata e schiacciata sulla fredda parete. Inoltre, non ho nessuna delle mie coperte. È come se fossero intrappolate sotto qualcosa di grosso.

"Alice?" Sento di nuovo la voce.

"Ehi, che cazzo, amico?" Sono sorpresa dalla voce proveniente dal mio letto.

All'improvviso, mi rendo conto di chi sia. Hudson. Hudson è nel mio letto. Perché? Come?

"Non posso crederci, Alice," dice Simon e si precipita fuori dalla mia stanza.

Spingo Hudson dal mio letto sul pavimento di piastrelle.

Le luci intense del soggiorno mi feriscono gli occhi. Fermo Simon all'ascensore.

"Simon, Simon! Sono così dispiaciuta. Non so cosa stia succedendo. Non so perché fosse lì."

"Oh per favore." Simon scuote la testa. "Torno qui per sistemare le cose e trovo il tuo ex nel tuo letto."

"Simon, non è successo niente. Per favore. Sono andata a letto da sola. Non ho idea del perché lui fosse lì."

La mia mente sta correndo. Perché diavolo era lì?

"No, lo so. So il perché. Non può dormire nella sua stanza perché Dylan è lì dentro con una ragazza."

"Quindi, ha dovuto dormire con te? Anche se c'è un divano e il letto di Juliet che sono entrambi vuoti?"

Non ho una risposta. Ucciderò Hudson! Simon sale nell'ascensore e preme il pulsante. Guardo impotente mentre le porte si chiudono.

"Mi dispiace," dico quando i nostri occhi si incontrano per l'ultima volta, ma lui distoglie lo sguardo.

Torno nella mia stanza, furiosa.

"Che diavolo ci fai qui, Hudson? A letto con me? Hai perso la testa?"

"Sono così, così dispiaciuto," dice lui, assonnato. I suoi capelli sono tutti spettinati e i suoi occhi sono a malapena aperti. "Ma sul divano in soggiorno era così freddo. Non abbiamo nemmeno una coperta lì, tu lo sapevi?"

"Sì, certo che lo so! Questo non spiega cosa stessi facendo nel MIO letto." Incrocio le braccia sul petto.

"Beh, sono entrato nella tua stanza con l'intenzione di dormire nel letto di Juliet, ma era così buio e il suo letto era pieno di vestiti. Non sono riuscito a capire da dove iniziassero le coperte."

"Allora, sei semplicemente salito nel letto con me?"

"Eri completamente su un lato, con la testa verso il muro. C'era così tanto spazio ed ero così stanco."

Hudson scrolla le spalle. I suoi capelli sono tutti arruffati e fuori posto, ma i suoi occhi brillano. Sono arrabbiata con lui, ma so che non posso rimanere arrabbiata a lungo. Non per questo.

"Come posso rimediare?" Chiede. "Cosa posso fare? Vuoi che vada a parlare con Simon?"

Ci penso per un secondo. Forse è una buona idea. Forse, se Simon potesse sentire da Hudson che abbiamo davvero chiuso, mi perdonerebbe davvero. E se peggiorasse le cose? E se Hudson lo infastidisse (e c'è un'altissima possibilità)? E se litigassero? Ciò peggiorerebbe le cose.

"No, gli parlerò io. Va bene." Alzo le spalle. "Non avresti dovuto farlo. Non hai il diritto di venire nel letto con me."

"Lo so." Lui scrolla le spalle. Sono delusa dal fatto che non stia più insistendo.

"Non andresti nel letto con me se fossi Juliet,
vero?"

"No, ma tu non sei Juliet."

"O qualche strana ragazza?"

"No, ma non sei una strana ragazza. Sei Alice. La
mia Alice."

Mi prende alla sprovvista. La sua Alice? Cosa
significa? Lo guardo in faccia per cercare di
raccogliere altri indizi, ma non riesco a capire. La
sua espressione non è vuota, ma non è nemmeno
molto rivelatrice. Le labbra di Hudson si
trasformano in un sorrisetto birichino, che mi
ricorda il primo anno delle superiori. Hudson
aveva la stessa identica espressione in faccia
quando lui e il suo migliore amico, Tom, fecero
irruzione nell'ufficio del preside, rubarono le sue
chiavi e spostarono la sua auto dal parcheggio
assegnato al parcheggio sul retro.
Successivamente, avevano rimesso le chiavi nella
borsa e avevano continuato la loro giornata.
Pochissimi di noi sapevano cosa era successo e
l'amministrazione non l'ha mai scoperto. Quando
alla fine Hudson me lo confidò, aveva lo stesso
sorrisetto che aveva adesso.

"No." Scuoto la testa. "Non sono più la tua Alice."

Thump! Thump! Il suono di qualcosa che colpisce i mobili mi coglie di sorpresa.

"Merda, merda," qualcuno grida per il dolore.

Corro dietro ad Hudson fino in soggiorno. Juliet è piegata dal dolore, afferrandosi le caviglie.

"Fottuto divano!" Esclama.

"Stai bene?" Chiede Dylan. È in piedi sulla soglia vestito con una maglietta e dei boxer.

Guardo Juliet più da vicino. Indossa il vestito che aveva quella sera, ma non è chiuso fino in fondo e è scalza. Ha le sue scarpe in mano.
All'improvviso, tutto diventa cristallino. Guardo Hudson. Vedo che è abbastanza chiaro anche per lui.

"Sai cosa significa, vero?" Chiede. "Devi procurarti un costume per il ballo in maschera. Oh, sì, e non sarà tra un paio di settimane. È questo fine settimana."

Ha vinto la nostra scommessa. Non era Peyton nella stanza di Dylan. Era un'altra ragazza. Juliet!

Tutto quello che posso fare è alzare gli occhi al cielo.

"Cosa, stavate scommettendo su chi ci fosse lì con me?" Chiede Dylan. Per un secondo, penso che sia arrabbiato. "È fantastico! Chi pensavi fosse?"

"Peyton," dico.

"Tu hai scommesso su Juliet?" Chiede Dylan a Hudson.

"Non lei in particolare. Solo, qualcuno che non fosse Peyton."

"Ragazzi, potete andare a farvi fottere." Juliet si alza e vacilla fino alla nostra stanza. Dubito che sia arrabbiata per la scommessa, ma sembra che stia ancora soffrendo.

"Come pensi di volerti vestire?" Mi chiede Hudson. È davvero entusiasta di portarmi lì.

"Odio doverti deludere, ma non verrò. Non dopo quello che hai fatto," dico e mi giro per andarmene.

"Aspetta, aspetta un secondo." Hudson mi mette una mano sulla spalla. "Hai perso la scommessa. Devi venirci."

"No, non devo. Hai appena messo a repentaglio la mia intera relazione con Simon con quel tuo piccolo spettacolo. Qualcuno che mi piace davvero. Quindi, non ti accompagnerò ad una stupida festa di una fratellanza."

"Mi sono già scusato. Inoltre, cosa c'entra questo con la scommessa? Abbiamo scommesso molto prima. Avrei comunque fatto il bucato per due settimane se fosse stata Peyton," dice Hudson.

"Non ne sono così sicura," dico. "Ma non importa. Non voglio andarci."

"Questo è il punto. Se perdi la scommessa, devi fare qualcosa che non vuoi fare." Hudson guarda Dylan per chiedere supporto. "Parla con lei, amico."

"Sì, Hudson ha ragione, Alice. Hai perso la scommessa."

"E allora?" Chiedo.

"Una scommessa è una scommessa," affermano Hudson e Dylan quasi all'unisono.

"E allora?" Ripeto.

"Allora, se non ci vai il karma ti punirà, o qualcosa del genere," dice Dylan.

"Ho già un karma che mi odia." Alzo le spalle. "Vivo con il mio ex!"

CAPITOLO TRENTA

VADO in camera mia e sbatto la porta. Sono le 5 del mattino e ho lezione tra qualche ora. Avrei bisogno di dormire ancora, ma ci sono questioni più urgenti.

"Quindi? Mi dirai cosa è successo?" Chiedo a Juliet.

"Sto morendo dalla voglia di dirtelo," dice e si arrampica nel mio letto.

"Ho visto Dylan in un club qualche giorno fa. Stava ballando e bevendo, ma poi mi ha vista e ha iniziato a parlare di Peyton. Quella ragazza lo ha davvero fottuto. È innamorata del suo tutor ora, l'hai sentito?"

Annuisco.

"Comunque, mi sono stancata delle sue lamentele, quindi l'ho baciato."

"Così?" Chiedo. "Dove? Come?"

"Eravamo in piedi al bar ad aspettare i nostri drink. Stava continuando a parlare di Peyton. Gli ho detto che ha bisogno di andare avanti. Che il modo migliore per superare qualcuno è passare a qualcun altro. Poi ha iniziato a lamentarsi degli appuntamenti e di quanto fossero difficili, bla, bla, bla. Quindi, gli ho chiesto cosa c'entravano gli appuntamenti. Mi ha fissata come se avessi perso la testa. Poi mi sono chinata e l'ho baciato."

"E?" Aspetto con anticipazione. "Come è stato?"

"È stato bello. È davvero un bravo baciatore. Beh, lo sai già," dice con nonchalance. Sono contenta che sia buio pesto e che lei non possa vedermi arrossire.

"E stasera? Che cosa è successo stanotte? Chiedo.

"L'ho incontrato di nuovo fuori. Non avevo intenzione di tornare qui. Volevo fare festa, ballare e scatenarmi, ma è venuto da me. "Bad

Romance" di Lady Gaga era in sottofondo e tutti si stavano scatenando. Ha detto che gli è piaciuto baciarmi e mi ha baciata di nuovo."

"Oddio!" Grido come una bambina.

"Abbiamo limonato per un po' e poi abbiamo deciso di tornare qui. Sarei sgattaiolata prima fuori dalla sua stanza, ma voi due eravate lì fuori da un sacco. Che diavolo stavate facendo, comunque? Poi mi sono addormentata. Riesci a crederci? Ho davvero dormito a casa di un ragazzo? Per me è una gran cosa."

"Vivi qui," dico. Lei scrolla le spalle.

"Resta comunque una gran cosa," dice Juliet.

"E?" Chiedo. "Che cosa è successo tra te e Dylan?"

"Non te lo posso dire," dice. "È privato!"

"No! Non puoi lasciarmi così in sospeso!"

Lei alza di nuovo le spalle. Scende dal mio letto e si arrampica sul suo.

"Devo riposarmi un po'."

"Lo avete fatto? Dimmi questo, almeno."

"Forse sì. Forse no." Si volta dall'altra parte.

Non riesco a credere che mi stia lasciando così, in questo modo. Deve significare solo una cosa. Le piace davvero.

"Bene." Juliet si volta indietro. "Ti dirò solo una cosa, e basta."

Aspetto impazientemente.

"Se io fossi Peyton e lui le facesse quello che mi ha fatto stasera, non lo lascerei andare mai più."

Mi stendo sul letto, fissando il soffitto per alcuni istanti. Ascolto il respiro di Juliet e so che non sta ancora dormendo. Anche se sbagliassi, non mi interessa.

"Allora, cosa significa?" Chiedo. "State, tipo, uscendo insieme?"

"No. Non posso uscire con lui! È un casino. Inoltre, non voglio uscire con nessuno," dice Juliet.

"Suvvia. Penso che ti piaccia."

"No, non è vero."

"Sì!" Insisto.

"Beh, a te piace Hudson. Uscirete di nuovo insieme?" Chiede lei. Mi zittisce e si addormenta.

Mi capovolgo sullo stomaco e guardo fuori dalla finestra. Il sole non si alzerà ancora per un po' e New York dorme ancora. Non sono una persona mattiniera. Riesco a malapena a trascinarmi fuori dal letto alle 9. Non mi sento più assonnata e decido di fare una passeggiata.

Non ho mai visto New York a quest'ora. Riverside Drive è bagnata dalla pioggia della notte scorsa e brilla al sole del mattino. Ci sono alcune persone che fanno jogging e proprietari di cani che sfidano il mattino, ma per il resto il parco è vuoto e sembra che sia tutto mio. Mi siedo sulla panchina e cerco nella mia borsa una penna e un nuovo biglietto.

CARO HUDSON,

Grazie per essere entrato nella stanza con me e Simon. Le cose stavano andando troppo in fretta e

penso che mi sarei pentita di quello che sarebbe
successo, se tu non fossi entrato. Non posso dirtelo
di persona, per paura che il tuo già enorme ego
diventi ancora più grande, ma è stato bello
dormire di nuovo con te. Odio il fatto che non
avessi il mio permesso (anche se non l'avrei dato) e
che Simon ci abbia trovati così, ma è stato bello.
Mi ha ricordato tutti quei pigiama party che
facevamo quando eravamo bambini. Quando
eravamo davvero amici. Spero che potremo
tornare ad essere quei bambini di nuovo, qualche
volta. Non so cosa farò se non ci riusciremo.

Con amore,

Alice

UN UCCELLO mi vola vicino proprio mentre
finisco la lettera. Il piccione mi guarda con
curiosità, inclinando la testa da un lato all'altro.
Allargo le braccia per mostrarle che non ho cibo.
Quando si convince che non sto mentendo, se
ne va.

Torno di sopra con ciambelle e bagel freschi. Il
panificio all'angolo ha appena aperto e non ho

potuto resistere a prendere qualcosa dalla loro prima sfornata della giornata. Quando cammino nel nostro appartamento, mi aspetto di avere un po' di tempo per godermi una tazza di caffè con le notizie del mattino. Invece, trovo Hudson che studia al tavolo della sala da pranzo.

"Hanno un profumo straordinario," dice.

"Puoi averne un po'. Ne ho un sacco."

Ha preparato una caffettiera e me ne versa una tazza. Non parliamo mentre mangiamo quelle delizie e beviamo i nostri caffè. Il silenzio tra di noi è confortevole. Ci conosciamo da abbastanza tempo da non dover parlare tutto il tempo. Mi rilasso e mi perdo nel momento. Quando torno alla realtà, guardo Hudson, che si è seppellito nei suoi appunti di economia. Nessuna di quelle formule ha alcun senso per me e sono grata di non seguire quel corso.

"Quindi, ci ho pensato," dico. "E mi chiedevo cosa dovrei indossare per questo tuo ballo in maschera."

I suoi occhi si illuminano e un ampio sorriso si allarga sul suo viso.

"Grazie mille! Grazie, grazie!" Hudson mi solleva in piedi e mi dà un grande abbraccio. Quindi preme le sue labbra sulle mie e mi dà un grande bacio. Assaporo la dolcezza di una ciambella al cioccolato sulle sue labbra e inspiro l'aroma del caffè fresco.

All'inizio, il bacio sembra qualcosa che si dà ad un amico. Un bacio amichevole, senza molto significato. Mentre provo a staccarmi, all'improvviso si trasforma in qualcos'altro. Hudson sembra essere sorpreso tanto quanto me, ma nessuno di noi si allontana. Almeno, non subito. Invece, indugiamo. Un po' troppo a lungo. Quando finalmente ci allontaniamo, il tono del mattino è cambiato. Le nuvole arrivano e uccidono il sole. L'oscurità scende su di noi e ci fissiamo senza dire una parola.

"Allora, cosa dovrei indossare?" Chiedo, cercando di cambiare argomento. Qualcosa nel profondo di me mi dice che se dovessimo parlare di quello che è appena accaduto, il mondo intero scomparirebbe. So che è vero tanto quanto so che tornerei sulla terra se facessi un salto.

"Uhm, avrò uno smoking. Quindi, un abito da sera e una maschera dovrebbero andare bene," mormora.

Annuisco e me ne vado.

CAPITOLO TRENTUNO

JULIET E DYLAN sono così fastidiosi. Ora che dormono insieme e tutti lo sanno, Hudson e io dobbiamo sgattaiolare via di nascosto per assicurarci di non disturbarli. Fortunatamente per me, rimangono chiusi nella stanza di Hudson e Dylan, non in quella mia e di Juliet. Non so come Hudson lo sopporti, ma finora è stato molto bravo.

Anche io e Simon siamo riusciti a riparare le cose. Il giorno dopo l'incidente, l'ho cercato ovunque nel campus e alla fine sono riuscita a rintracciarlo nel bar di Amsterdam Avenue. Dopo un'ora di discussione, ha accettato di darmi un'altra possibilità, che so di non meritare. Non so nemmeno perché abbia insistito così tanto per la seconda possibilità.

Mi piace davvero, Simon? Sì, ma qualcosa sembra non funzionare più. Forse è il senso di colpa che provo per il bacio. Non ho detto a Simon del bacio. Non ho potuto. Non ci riesco. La nostra relazione, se si può chiamarla così, è in questo fragile stato in cui mi sento come se respirassi nel modo sbagliato, potrebbe dissiparsi del tutto. Il bacio tra Hudson e io - beh, è molto più che respirare.

Il bacio. Sono passati giorni dal bacio. Il bacio di cui Hudson e io non abbiamo ancora parlato e probabilmente non parleremo mai, sempre che ci sia qualcosa da dire.

Oltre al bacio, c'è qualcos'altro che mi pesa nella mente: il ballo in maschera. Devo andare con Hudson al suo stupido ballo e questa è l'ennesima cosa di cui non ho parlato a Simon. Non sono sicura di doverlo fare. Non è il mio ragazzo, ma la sensazione al mio stomaco mi dice che mi sbaglio. Dovrei dirglielo. Solo, non ci riesco.

Sono piuttosto sicura che se Simon fosse a

conoscenza del ballo, non avrebbe mai più voluto vedermi. Lui mi piace. Odio ammetterlo, ma il fatto che Hudson lo odi me lo fa piacere ancora di più. Simon è il primo ragazzo che mi è piaciuto così tanto da molto tempo. Non so dove finirà questa cosa con lui, ma non voglio rovinare tutto prima che abbia la possibilità di decollare.

Non dovrei sentirmi male per non averglielo detto, giusto? Questo ballo in maschera non è niente. Hudson è con Tea e io sono con Simon. Hudson e io siamo amici che andranno ad una festa insieme.

Busso alla porta di Dylan. Li sento muoversi. Sembra che stiano reinventando il sesso, lì dentro.

"Vattene," mormora Dylan tra i sospiri.

"Devo parlare con Juliet," dico.

"Vattene," dice, questa volta più forte.

Mi rifiuto di arrendermi. Ho bisogno del consiglio di un'esperta. Non posso farlo senza di lei.

"Juliet, ho bisogno del tuo aiuto," supplico. "Devo procurarmi un abito per quel ballo in maschera e non so dove dovrei andare o cosa comprare."

All'improvviso, tutti i suoni scompaiono.

"Ci andrai? Veramente?" Sento la voce scioccata di Dylan attraverso la porta.

"Ha bisogno di me." Sento Juliet dire attraverso il fruscio dei vestiti. Sorrido. Le ragazze prima dei ragazzi! Juliet è la mia ragazza.

Dopo alcune ore di shopping estremo - cercando in cinque negozi e provando almeno quindici abiti prima che smettessi di contare - finalmente torniamo a casa con tutto il necessario. Abbiamo trovato il vestito nell'ultimo posto in cui abbiamo guardato: una piccola boutique anonima di Soho chiamata Francesca. L'abito ha uno scollo a V in paillettes, un Ralph Lauren dorato che "cattura la luce in tutti i punti giusti e non fa sembrare i fianchi più grandi del necessario", secondo Juliet.

Non compro un paio di scarpe perché Juliet ha

nuovamente insistito nel prestarmi un paio delle
sue. Per quanto riguarda la mia maschera, dato
che si tratta di un ballo in maschera, dopo tutto, è
nera con gioielli e piume che Juliet ha trovato in
questa elegante boutique di Halloween nell'East
Village.

"Quella maschera rende i tuoi occhi
meravigliosi!" Dice Juliet. "Aspetta che ti trucchi -
non sarai in grado di tenere lontane le zampe di
Hudson."

Parla così e non sa nemmeno del nostro bacio.

"Non voglio le zampe di Hudson addosso," dico.

Lei alza gli occhi al cielo. "No, *vuoi* le sue zampe
su di te, ma vuoi poterle respingerle."

Non la sopporto più. "Okay, possiamo smettere di
parlare di zampe, per favore?" Chiedo.

LA SERA SEGUENTE, io e Juliet passiamo due ore
a prepararmi per il ballo. Le dico che non deve
aiutarmi se non vuole, ma insiste. Mi ricorda
molto Cher del film *Clueless* - non riesce ad

allontanarsi dalla possibilità di dare a qualcuno un restyling.

La porta della nostra stanza è aperta a causa di tutta quella lacca, che indubbiamente ci ucciderebbe, altrimenti. Mi siedo sulla sedia di fronte allo specchio di Juliet mentre lei asciuga e poi arriccia i miei capelli. Da qui, riesco a distinguere in qualche modo la conversazione che si sta svolgendo nell'altra stanza.

"Sono così felice che tu sia dentro." Sento Dylan dire a Hudson. "Vedrai che non puoi sbagliare, lavorando con questo ragazzo. Garantisce un ritorno sugli investimenti del 15%, non importa cosa succeda."

"Non sapevo che fosse possibile," afferma Hudson.

"Oh sì, lo è. Bank afferma che non è per il pubblico, ma è una bugia colossale. Solo, non vogliono mettersi nei guai nel caso succeda qualcosa."

"Quindi, allora può succedere qualcosa?" Chiede Hudson.

"No, questa è la cosa bella. Questo accordo è solo per addetti ai lavori. Lo stanno facendo tutti. Almeno, tutti coloro che hanno le giuste conoscenze," dice Dylan. "Mio padre ha guadagnato otto milioni l'anno scorso con questo tizio. Lui è l'uomo giusto."

"Stai sentendo?" Chiedo a Juliet. Scuote la testa e scrolla le spalle.

"Sai quanto ha investito Hudson?" Chiedo.

Juliet si stringe di nuovo nelle spalle. "Non lo so, Alice. Sai come sono. Non mi importa molto di come vengono fatti i soldi, ma solo di come vengono spesi."

Il mio cuore diventa di piombo quando una densa nuvola nera mi avvolge. Qualunque cosa stia facendo Dylan con questo investimento, non va bene. Hudson non ha molti soldi. Sicuramente non abbastanza da perdere in qualche schema Ponzi.

Finalmente, sono pronta. I tacchi di dodici centimetri di Juliet mi pizzicano le dita dei piedi e mi fanno già male anche se non abbiamo nemmeno lasciato l'edificio. Mi lamento con Juliet.

"È perché non indossi abbastanza i tacchi," dice. "Se li indossassi almeno un paio di giorni alla settimana, i tuoi piedi si abituerebbero e diventerebbero insensibili come i piedi di altre donne."

Il pensiero di indossare i tacchi un paio di giorni alla settimana mi spaventa a morte. Posso farcela stasera (credo), ma non c'è modo di sottopormi a questa punizione per otto ore al giorno un paio di volte alla settimana.

Quando mi guardo allo specchio, non posso fare a meno di ammettere che ho un bell'aspetto. I miei capelli cadono intorno alle mie spalle e incorniciano il viso con le loro onde. Ciò riduce al minimo la mia mascella forte nel modo giusto mentre, allo stesso tempo, mi fa emergere gli occhi. I miei occhi sembrano due volte più grandi grazie all'applicazione di ciglia e trucco di Juliet. Questo richiede molta forza per tenere gli occhi aperti, ma quando lo sono, sono magnifici.

"Oh mio Dio," dice Hudson quando mi vede. "Alice."

Lo guardo. Fa un passo indietro e riprende fiato.
La vista di me gli ha letteralmente tolto il respiro.
Onestamente, non sapevo nemmeno che fosse
possibile.

"Sei incantevole," sussurra e mi bacia sulla
guancia.

Incantevole? Mi aspettavo carina, graziosa, forse
bella. Non incantevole.

Guardo Hudson dall'alto in basso. Anche lui è
vestito da sera con uno smoking nero. Con la sua
abbronzatura, i suoi splendidi capelli e gli occhi
scintillanti, assomiglia un po' a James Bond. Non
sono mai stata attratta da James Bond, non sapevo
nemmeno di cosa si trattasse, ma all'improvviso
mi sorprendo nello sperare che Hudson abbia
una pistola elegante e sexy e stia per assassinare
un dittatore opprimente.

"Sei piuttosto bello anche tu," dico.

Dylan alza brevemente lo sguardo dal suo gioco
Xbox. "Bene, bene, bene. Siete entrambi
magnifici," dice.

CAPITOLO TRENTADUE

HUDSON MI CONDUCE lungo la 116esima strada fino a una grande casa che fa da angolo. Le fratellanze a New York sono un po' diverse dagli altri posti - qui, sono vere e proprie case in pietra. Hudson bussa alla porta, ma nessuno risponde. Possiamo sentire la musica suonare da dentro, quindi prova a girare la maniglia. È aperta ed entriamo.

All'interno, la festa sembra un mondo completamente diverso. È come se il college, Amsterdam Avenue, la 116esima strada e New York in generale non esistessero affatto. Invece, tutto ciò che esiste è questo magico mondo in cui tutti sono vestiti con sontuosi abiti, smoking e

maschere. Ah, le maschere. Le maschere sono
ovunque. Alcune persone indossano maschere
che coprono tutto il volto, altre indossano quelle
che coprono solo gli occhi. Le maschere sono
sontuose quasi quanto gli abiti. La maggior parte
sono ricoperti di piume, perline e seta. Ognuno è
più decorato dell'altro. Queste persone vanno
davvero a scuola con me?

Sono stata a molte feste di Halloween, ma questa
sembra del tutto diversa. C'è qualcosa di mistico
nelle persone che indossano maschere e abiti:
sembrano così normali, eppure straordinarie.

Seguo Hudson lungo il corridoio mentre saluta i
suoi nuovi amici e mi presenta a tutti. Con mia
grande sorpresa, tutti i ragazzi sono piuttosto
educati e affascinanti. Oserei dire che hanno
classe. Mi stringono la mano e mi fanno i
complimenti. Qualcuno si prende gioco di
Hudson dicendo che lo faccio sfigurare, mentre
sto con lui. Ride, ovviamente, e in quella risata
non sento alcun accenno di fastidio.

Mentre aspettiamo il mio Long Island e il suo
whisky, mi guardo intorno e inizio a guardare
Hudson sotto una luce completamente nuova.

"Cosa? Perché mi stai guardando in quel modo?"
Mi chiede.

"Non lo so. Non è proprio quello che mi
aspettavo," dico con un'alzata di spalle.

"E cosa ti aspettavi? Barili di birra e bicchieri
rossi? Beer pong?"

Annuisco. Ovviamente. Questa è una festa di
una fratellanza. Non è questo, ciò che ci si
aspetta?

"Non dovresti essere così critica, Alice," dice. Mi
passa il mio drink e beve un sorso del suo. Non
pensavo che lo avrebbe preso così sul personale.

"Mi dispiace," dico.

"So che sei di parte contro le fratellanze. So che
pensi che siano tutti degli sciocchi o usino solo
qualche scusa per bere tutto il giorno o qualcosa
del genere. Ma sono molto più di questo."

Annuisco. Forse ha ragione.

"Sai, ti ho portata qui per mostrarti che la tua
visione delle fratellanze non è l'unica. Fanno
anche feste come queste."

"Lo so, mi dispiace. Forse sono stata un po' troppo veloce a giudicare," dico finalmente.

"Dio mio. Stai davvero ammettendo la tua colpa?" Afferra il suo cuore, come sotto shock.

"Sì, è così. A volte mi sbaglio. Non spesso, ma a volte," dico, alzando gli occhi al cielo. "Ora, andiamo a ballare."

La pista da ballo è affollata e la musica è così forte che riesco a malapena a sentire i miei pensieri, figuriamoci a sentire tutto ciò che dice Hudson. Rapidamente, ci lasciamo andare e ci perdiamo nella musica. Il mio vestito non è troppo stretto e adoro il modo in cui brilla sotto le luci.

Hudson fa ondeggiare i suoi fianchi mentre balla davanti a me. È un ballerino straordinario, con un grande senso del ritmo. Quando era più giovane, sua madre gli faceva prendere lezioni di danza. Quelle lezioni sono uno dei segreti oscuri e profondi di Hudson, ma guardarlo ballare davanti a me - così leggiadro - mi fa venire voglia di scrivere a sua madre una lettera per ringraziarla.

"Volevo parlarti di una cosa!" Grido a pieni polmoni proprio mentre la musica si attenua e passa a una canzone lenta. Tutti intorno a noi si girano a guardarmi.

"Scusa," dico, scoppiando a ridere.

Sto per allontanarmi dalla pista da ballo, ma Hudson mi ferma. Mi prende la mano e se la mette sulla spalla. Mi mette la mano intorno alla vita, avvicinandomi.

"Cosa stai facendo?" Chiedo.

"Ballando," dice mentre inizia a rallentare al ritmo di Alicia Keys. Mette una delle sue gambe tra le mie cosce e preme il suo corpo contro il mio. Voglio allontanarmi, ma non ci riesco. Sono fisicamente incapace di farlo. So che si fermerebbe se glielo chiedessi, ma non posso farlo. Prendo un momento per riprendere fiato. Non dovrei farlo a causa di qualcun altro, ma all'improvviso non riesco a ricordare il suo nome.

Balliamo per un po', se si può chiamarlo ballare. Ciò che sembra, in realtà, è strusciarsi l'uno sull'altro in pubblico. Mi ricorda il nostro ballo di fine anno. Hudson aveva insistito per andare al ballo con me e i nostri amici. Abbiamo passato l'intera notte incollati, in modo assolutamente inappropriato di fronte ai nostri insegnanti e al preside.

"Di cosa volevi parlarmi?" Chiede.

"Che cosa?" Chiedo. Non ho idea di cosa stia parlando. Lo guardo. Siamo così vicini che posso sentire l'odore del suo viso. Profuma di vaniglia e miele. Improvvisamente, sento un travolgente desiderio di leccarlo.

"Hai detto che volevi parlarmi di qualcosa." Dice lui.

"Oh, sì, infatti. Ne possiamo parlare più tardi," dico con cautela.

"No, ora va bene," sussurra e mi avvicina.

"Okay," dico con esitazione. "Si tratta di prima. Di quello di cui tu e Dylan stavate parlando in salotto mentre ci preparavamo."

Mi fissa per un momento. Lentamente, la delusione gli riempie il viso. Chiaramente, non era quello che pensava che avrei detto.

"Mi dispiace, possiamo parlarne più tardi," dico. La canzone finisce e lui si allontana.

"Vado a prendere un altro drink," dice. "Ne vuoi uno?"

Lo seguo al bar.

"Intendi sul mio investimento?" chiede dopo aver ordinato. "Quindi, sto investendo con l'amico di Dylan. E allora?"

"E allora? Ti ha promesso il 15%. È pazzesco. Sembra uno schema Ponzi."

"Beh, non lo è. Il padre di Dylan ha guadagnato otto milioni l'anno scorso con quel tizio e Dylan ha investito qualcosa come ventimila dollari."

"Beh, Dylan ha soldi da perdere. Tu no," dico.

"Ehi, chi diavolo pensi di essere, Alice? Mia madre? Sono i miei soldi e ti dico che è un investimento saggio."

Scuoto la testa.

"Guardi troppi di quegli show americani e pensi di sapere tutto sugli investimenti. Beh, non è così," dice Hudson e si allontana da me.

"Hudson, aspetta!" Dico. Provo a seguirlo, gli prendo il braccio, ma lui mi allontana. Nel giro di pochi secondi, scompare in un mare di persone.

Non so cosa sia appena successo, ma all'improvviso mi ritrovo da sola ad una festa in cui non conosco un'anima. Stavo solo cercando di aiutare. Non intendevo sembrare come se fossi sua madre, anche se, ripensandoci, so di averlo fatto. Forse guardo troppi show americani. Forse non ho idea di cosa io stia parlando. Forse l'amico di Dylan renderà Hudson incredibilmente ricco e tutto andrà bene. Vado in giro per la festa e spero di sbagliarmi.

CAPITOLO TRENTATRÉ

Passa un'ora, ma non vedo Hudson da nessuna parte. Comincio a chiedermi se non se ne sia andato a casa e mi abbia lasciata qui a questa stupida festa da sola. Non glielo perdonerei. Gli scrivo un paio di volte e quando non risponde, decido di andare in bagno e poi tornare a casa. Chiaramente, non vuole vedermi.

Il ballo si estende su tre piani della casa e ci sono alcuni bagni su ogni piano, ma c'è la fila in tutti. Alla fine, ne vedo uno in cui la fila non è incredibilmente lunga e lo raggiungo. Ci sono due ragazze davanti a me, entrambe incollate ai loro telefoni e altri due ragazzi davanti a loro. Mi appoggio al muro e chiudo gli occhi nel tentativo di rilassarmi un po'. Ho bevuto un po' troppo e la musica martellante mi fa sentire come se la mia testa venisse colpita da un martello.

"Allora, cosa ne pensi di Alice? Quella ragazza che Hudson ha portato con sé?" Sento qualcuno dire.

"È davvero sexy," dice qualcun altro.

Apro gli occhi e realizzo che sono i ragazzi davanti a me nella fila quelli che stanno parlando. Non hanno idea che io sia qui e mi avvicino un po' di più alla ragazza accanto a me in modo da poter sentire un po' meglio. È sempre bello sentire cose del genere.

"Infatti, vero? Mi piace davvero molto!"

"Non riesco a credere che uscissero insieme. Perché diavolo una ragazza del genere uscirebbe con Hudson?"

"Oh, lui è un bravo ragazzo e anche abbastanza bello."

"Oh, stai zitto, frocio," dice l'altro ragazzo ed entrambi scoppiano a ridere. All'improvviso, la bella conversazione che mi sono divertita ad origliare diventa brutta e bigotta. Non riesco a credere che abbia effettivamente usato quella parola. Sto per dirgli qualcosa, ma poi lo sento dire qualcos'altro.

"Sono contento che abbia avuto del buon senso e non abbia portato quella tizia con cui sta ora in questo posto. I fratelli non lo avrebbero mai accettato," dice uno di loro.

Il mio cuore affonda. Stanno parlando di Tea.

"Lo so! Non riesco a credere che stia effettivamente con lei. Deve essere fantastica a letto, perché quella vacca non è sicuramente bella da guardare."

Ho sentito abbastanza.

"Per vostra informazione, Tea è una ragazza meravigliosa. Generosa, gentile e bella. Se voi due non riuscite a vedere queste cose, allora siete fottutamente ciechi."

Getto loro il mio drink addosso e me ne vado.

MENTRE CERCO il mio cappotto su un letto
pieno zeppo di vestiti, sento le lacrime che mi si
accumulano negli occhi. Le tengo a bada fino a
quando afferro il cappotto, mi avvolgo la sciarpa
intorno al collo e scappo dalla casa.
Fortunatamente, nessuno se ne accorge e nessuno
mi ferma. Una volta uscita, una forte raffica di
fresco vento di New York spalanca il mio
cappotto e mi gela le ossa. Le lacrime scorrono già
sulle mie guance e faccio fatica a tentare di
chiudere il cappotto senza incastrare nulla nella
zip. Continuo a camminare per la 116esima
Strada, ma alla fine mi arrendo con la cerniera e
mi chiudo il cappotto con le mani. Non vivo
lontano.

Quando raggiungo Broadway, aspetto il verde del
semaforo anche se è tardi e la strada è deserta.
Sto singhiozzando e le lacrime mi scorrono sulle
guance. Posso solo immaginare come possa
apparire il mio viso ora, con trecento chili di
trucco. Il fondotinta, tutto l'impegno attento di
Juliet, l'eyeliner e il mascara si sono
probabilmente combinati per creare una sorta di
pozzanghera su tutto il mio viso.

Quando la luce diventa verde, mi fermo improvvisamente a pensare al motivo per cui sono così arrabbiata. *Così* arrabbiata. Sono furiosa con Hudson per non avermi detto la verità. Per non avermi detto perché voleva portarmi a questo ridicolo ballo in maschera. Sono furiosa per il fatto che l'unica ragione per cui non ha portato Tea fosse che i suoi fratelli non approvano la cosa. Sono furiosa con lui per essersi preoccupato della loro opinione, ma le lacrime che mi scorrono sul viso non riguardano solo Hudson o Tea. Non lo ammetterei mai ad alta voce, ma piango principalmente per me. Di quanto sia ingiusto il mondo.

Ero grassa, alle medie. Pesavo quasi 75 chili in terza media, quando ero la più grassa, ma lo ero anche prima. Ero sovrappeso, circa 68 chili, in prima media e tutto peggiorava con l'età. Non so cosa l'abbia causato. Tutto quello che ricordo era che mi trovavo in questo circolo vizioso. Mi sentivo orribile, per quanto fossi grassa, quindi mangiavo per sentirmi meglio. Ogni sera mi ripromettevo di non mangiare così tanto il giorno dopo, e ogni giorno lo facevo. Saltavo la colazione e poi praticamente mi arrendevo al resto della giornata per la delusione e la rabbia con me stessa.

Crescere essendo in sovrappeso era una di quelle cose di cui non ho mai parlato. I miei genitori hanno praticamente fatto finta che non stesse succedendo niente. Mi dissero che volevano che fossi in salute e mi incoraggiarono a praticare sport. Come potevo? Ero gigantesca e troppo imbarazzata per farmi vedere in qualsiasi tipo di abbigliamento da allenamento. L'estate scorsa ho sfogliato alcuni album di famiglia e ho trovato le poche foto che esistono di me dalla scuola media. Oh, quanto odiavo fare foto. Sembravano una prova concreta della persona che odiavo ammettere di essere. Ad oggi, ricordo l'odio che provavo nei miei confronti in ogni immagine. Guardandole l'estate scorsa, sono rimasto sorpresa da una cosa. Non ero brutta come pensavo di essere. Non ero nemmeno così grassa. In tutti questi anni, mi ero convinta di essere sostanzialmente la ragazza più brutta e disgustosa che fosse mai esistita, ma non lo ero. Ero paffuta, sì, ma non avevo un aspetto orribile. Non ero decisamente grossa come pensavo di essere.

Durante tutti quegli anni, io e Hudson siamo stati amici. Era piuttosto popolare ed era un atleta, ma era comunque con me. Quando eravamo insieme, in qualche modo mi dimenticavo di quanto fossi brutta perché mi faceva sempre sentire bella e degna. Mi ha fatto ridere e ha riso delle mie battute. Poi, alla fine della terza media, mi ha baciata.

CAPITOLO TRENTAQUATTRO

HUDSON HA AVUTO il ruolo da protagonista nella nostra commedia in terza media, *Romeo e Giulietta*, e ha dato una performance straordinaria. Durante lo spettacolo, ha avuto modo di uscire con la ragazza più bella della nostra scuola, Natalie D'Achille, ed ero certa che avrebbero iniziato presto ad uscire insieme. Avevo una cotta per lui da quasi un anno, ma ovviamente ero troppo sciocca per convincermi ad agire. Quindi, invece, sono rimasta solo sua amica. Silenziosa e solidale. Sempre lì.

Alla festa di fine anno, dopo lo spettacolo finale, Hudson e io eravamo in giro, bevendo decisamente troppa soda e ridendo a crepapelle.

Eravamo nel backstage, da qualche parte in un angolo buio senza nessuno e, all'improvviso, si è avvicinato e mi ha baciata. A malapena ero riuscita ad ingoiare l'ultimo sorso di soda prima di sentire la sua lingua nella mia bocca. Ero talmente ingenua da non sapere nemmeno se le persone si baciassero con la lingua, ma ricorderò per sempre la sensazione che ha attraversato il mio corpo. Era come se piccole scintille di elettricità si liberassero dentro di me, ovunque, e come se delle lampadine fossero accese in luoghi in cui non sapevo nemmeno che esistessero delle lampadine.

Non avevo chiuso occhio, quella notte. Mentre il bacio continuava a viaggiare nella mia mente, ho avuto una rivelazione. Un'epifania. Improvvisamente, mi sentivo degna. Come se avessi avuto importanza in quanto persona. Che forse non ero brutta come mi sentivo di essere. La mattina dopo, non mi sono costretta a mangiare solo una certa quantità di calorie per poi cercare il cibo non appena avessi fallito. Non ho fatto alcuna promessa, tranne di provare a mangiare solo quando avrei veramente avuto fame e solo cibo sano. Se avessi fallito, non avrei buttato tutto

il giorno fuori dalla finestra e non mi sarei
abbuffata per affogare i miei sentimenti. Invece,
ho accettato il fatto che il fallimento fosse
necessario per il successo e per andare avanti.
Nessun danno fatto.

Dopo quel cambiamento di atteggiamento, tutto
nella mia vita è cambiato. Non ho avuto successo
tutti i giorni, ma non ho mai più avuto problemi.
Non come una volta. Lentamente, ho iniziato a
perdere peso. Un mese dopo, ho perso tre chili.
Un altro mese dopo, ne persi cinque. All'inizio
delle superiori, sono scesa a 55 chili. Non ero
ancora molto magra, allora ero alta solo un metro
e mezzo, ma il cambiamento è stato sorprendente.
Non sono mai stata più orgogliosa di me stessa e
ho dovuto tutto a Hudson. Mi ha mostrato che
ero degna di essere amata e ciò era abbastanza
per farmi cambiare.

Allora perché sto piangendo, adesso? Perché sono
così arrabbiata e delusa? Mi chiedo, camminando
verso il mio edificio. È cambiato. Per il peggio.
Invece di mostrare a Tea lo stesso tipo di amore e
rispetto, la respinge. Non so se Tea sappia del
ballo o del perché non l'abbia invitata, ma a me
non importa. Ciò che conta è che non voleva

invitarla per paura di ciò che gli altri avrebbero pensato. Non voleva mettersi in imbarazzo. Non gli importava di cose del genere quando era più giovane; sapeva che la sua popolarità sarebbe sopravvissuta anche uscendo con gente come me. E tutto questo alle medie, santo cielo! Non esiste un gruppo di persone sulla terra più crudele e senza cuore e soggetta alle tendenze rispetto all'età della scuola media.

Hudson è un tale stronzo. Non lo sopporto. Una nuova ondata di lacrime ricomincia a scorrere lungo il mio viso. Non ci sono scuse, per questo. Ecco qual è il motivo per cui è imbarazzato di essere visto con lei, il perché non dice che stanno uscendo insieme. Il mio cuore va a Tea, ma soprattutto alla me stessa tredicenne.

"Alice? Alice? Cosa c'è che non va?" Simon corre da me. Mi prende e mi cinge con le braccia. Quando lo guardo, scoppio a piangere.

"Cosa c'è che non va? Cosa che è successo?"

Attraverso un fiume di lacrime e profondi singhiozzi, gli dico tutto. Gli dico di come Hudson mi abbia baciato, del ballo in maschera e infine di ciò che ho sentito. Le parole escono in un flusso e non sono sicura di riuscire a dare un senso a tutto. Poi gli dico che mi dispiace. Mi dispiace molto e odio il mio ex.

"Fa solo un certo effetto su di me, in cui cado in confusione. Ma ora sono presente. È andato. Niente più stordimento," dico. "Capisco se non vuoi più vedermi. Volevo solo dirti tutto."

Comincio ad andarmene. È finita. Il sollievo che provo nel togliermi tutto dal petto ne vale (quasi) la pena.

"Aspetta," dice. Non mi giro. "Aspetta." Simon mi raggiunge. Guardo i suoi occhi spalancati e quelle belle ciglia che li incorniciano. Aspetto che mi dica che vuole solo essere amici, ma non lo fa. Invece, mi prende, mi avvicina e mi bacia. Sa di lavanda e menta. Il suo bacio dice che andrà tutto bene e so che non sta mentendo.

"Vuoi venire da me?" Sussurra attraverso il bacio. Le sue labbra sono morbide e invitanti e non riesco a resistere. Annuisco e lo seguo da lui.

Ci baciamo salendo le scale. Ci baciamo mentre armeggia con le sue chiavi e finalmente apre la porta. Iniziamo a toglierci gli abiti gli uni dagli altri sulla soglia e quando raggiungiamo la sua camera da letto siamo completamente nudi.

Al mattino, tutto è confuso. Mi sveglio presto e mi vesto in silenzio per non svegliare Simon. Non avrei mai pensato di farlo, un giorno. Essere una di quelle ragazze che sgattaiola fuori dal letto mentre il ragazzo con cui ha appena dormito è ancora addormentato, ma c'è una prima volta per tutto.

Non sono del tutto sicura del perché stia sgattaiolando via così. Non sarebbe un gran problema parlare con lui, ma, per qualche ragione, non voglio. Simon sembra così tranquillo mentre dorme con una delle sue braccia nascoste sotto il cuscino, non voglio disturbarlo. Gli scriverò più tardi, mi dico mentre raccolgo le mie scarpe e mi allontano in punta di piedi dalla stanza.

CAPITOLO TRENTACINQUE

"ALLORA, hai passato una notte d'avventura, eh?"
Juliet chiede quando entro nella nostra stanza.
"Com'è andata la passeggiata della vergogna?"

La passeggiata della vergogna consiste nel tornare
a casa con gli abiti da sera la mattina seguente,
dopo aver passato la notte a casa di un ragazzo.
Sicuramente non è stato grandioso. Erano passate
le otto del mattino quando mi sono svegliata, il
che significa sostanzialmente che l'intera città era
già sveglia. Ho cercato di coprire l'abito meglio
che potevo con il mio cappotto, ma era
abbastanza ovvio comunque. Il senzatetto a cui
piace frequentare la 116esima e Broadway mi ha
anche fischiato dietro.

"Allora, cos'è successo?" Chiede Juliet. "Hudson è davvero arrabbiato con te, lo sai vero?"

Alzo gli occhi al cielo. Non sopporto nemmeno di sentire il suo nome.

"Devo lavarmi la faccia," dico e vado in bagno.

Juliet mi segue dentro, rifiutando di darmi della privacy fino a quando non le do alcuni dettagli piccanti. All'inizio, mi rifiuto. Mi lavo la faccia. I miei occhi sembrano gonfi e stanchi, con delle grandi borse nere. No, non posso essere vista così. Applico un piccolo strato di fondotinta, un po' di eyeliner e un po' di mascara. Mi guardo di nuovo allo specchio. Molto meglio.

"Va bene? Allora, cos'è successo?" Juliet mi infastidisce di nuovo. Questa volta, mi arrendo e le do ciò che vuole.

"Sono così felice per te!" applaude per l'eccitazione quando le dico di aver dormito con Simon.

"Non è così eccitante." Alzo le spalle e torno nel soggiorno. Improvvisamente, la porta di Dylan e Hudson si spalanca.

"Dove cazzo sei sparita?" Chiede Hudson.

"Perché lo vuoi sapere?"

"Perché ero preoccupato, Alice. Non te ne vai così senza dire nulla. Questa è New York City. Pensavo fossi stata rapita o violentata o qualcosa del genere!"

La sua voce è tesa, stanca e arrabbiata, ma anche io sono arrabbiata.

"Sei stato tu quello che se n'è andato per primo. Non riuscivo a trovarti da nessuna parte!" Urlo. Non urlo spesso, quasi mai, ma sono troppo stanca per mantenere civile questa conversazione.

"Sono solo andato a rinfrescarmi."

"Beh, te ne sei andato per un'ora prima che sentissi i tuoi fratelli, lì, parlare di quanto io fossi sexy e di quanto fossero contenti che tu non avessi portato Tea."

"E allora?"

"E allora? Non hai portato la tua ragazza perché è grassa? Perché ti imbarazza? Sai cosa ti rende questo, Hudson?"

"No, cosa?"

"Uno stronzo. Un vero stronzo!"

"Oh per favore." Lui scrolla le spalle.

"Anche adesso, non ti dispiace nemmeno. Non ti interessa. Non so più nemmeno chi tu sia, Hudson. Quando sei diventato un tale stronzo, esattamente? Perché ricordo quando eri un bravo ragazzo. Un ragazzo davvero simpatico."

Torno in camera mia. Lui mi segue.

"Ascolta, mi dispiace per Tea," dice, ma è troppo poco e troppo tardi.

"Non voglio più vederti, Hudson," dico piano. La mia voce è calma, adesso. Certo. "So che succederà, dopo tutto siamo coinquilini. Voglio solo che tu sappia che non voglio mai più vederti o parlarti di nuovo."

Mi fissa incredulo. Quindi faccio un passo di troppo. Mi sento andare oltre il limite mentre le parole escono dalla mia bocca, ma non riesco a fermarle.

"Spero che tu perda tutti i tuoi stupidi soldi," dico e sbatto la porta della mia stanza.

HUDSON e io non parliamo da settimane. All'inizio, lo ignoro attivamente e non rispondo ai suoi tentativi di conversazione. Dopo un po' si arrende. Ciò che si forma tra noi è una specie di guerra fredda. Ci incontriamo nel soggiorno e in cucina senza dire una parola. Parliamo solo con i nostri coinquilini, ma mai l'un l'altro. Sono davvero impressionata dal fatto che riusciamo a continuare così. Noi quattro intratteniamo intere conversazioni nelle quali lui e io parliamo e rispondiamo solo a Dylan e Juliet, ma mai l'un l'altro.

Juliet e Dylan mi assillano per un po', ma entro la fine della seconda settimana, anche loro si arrendono e la nostra guerra è sigillata.

È dopo che raggiungiamo questo luogo di equilibrio che finalmente gli scrivo un biglietto.

Avevo intenzione di farlo da qualche tempo, ma volevo che un po' della rabbia morisse dentro di me. Quando sento di aver raggiunto un livello adeguato di apatia, finalmente prendo una penna e inizio a scrivere.

Caro Hudson,

Grazie. Grazie per avermi mostrato i tuoi veri colori, al ballo in maschera. Quel momento, quando ho capito cosa avessi fatto a Tea (e in un certo senso alla vecchia me), mi ha liberata dalla tua influenza. Mi ha permesso finalmente di lasciarti andare. Siamo persone completamente diverse, ora. Non mi piace molto questa nuova persona che sei diventato, ma non è più il mio dovere parlare con lui. A volte, mi manca ancora il mio amico, Hudson, che mi ha fatta sentire come se fossi la ragazza più carina della scuola, anche se non ero nemmeno la centesima ragazza più carina, lì, ma se n'è andato, non è vero? Sei qualcun altro, in questo momento. Qualcuno che spero non rimanga a lungo, ma non importa. Ti sto scrivendo questo biglietto solo per ringraziarti di avermi finalmente mostrato il tuo vero io, a

*questo punto della tua vita. Non credo che
parleremo mai più (non sono sicura se sia giusto o
sbagliato, capita solo che sia così), ma mi sta bene.*

*Spero che tu abbia una bella vita e che tu ricordi
che c'è stato un momento nella tua vita in cui non
eri così crudele.*

Alice

RILEGGO LA LETTERA. Non ho intenzione di
inviarla, ma sono comunque preoccupata per
quanto sembri sarcastica. Sarcastica è proprio il
tipo di umore che mi sento addosso in questo
momento e non mi scuserò per questo. Ho finito
di scusarmi.

Non ne sono sicura, ma il biglietto mi fa sentire
in modo strano. Sembra un po' un addio.

Forse questa è l'ultimo che gli scriverò mai. Non
vorrebbe dire qualcosa?

CAPITOLO TRENTASEI

Dopo la nostra notte insieme, io e Simon
iniziamo a passare molto tempo insieme. Non gli
importa che io sia sgattaiolata fuori dal suo letto
senza salutarlo, mi ha solo chiesto di non farlo
mai più.

"Non importa che ore siano, voglio salutarti con
un bacio," ha spiegato. "Prometti che lo farai."

Ho promesso e non l'ho più fatto.

Nelle ultime due settimane ho scoperto molte
cose interessanti sul mio nuovo ragazzo.
Innanzitutto, non gli dispiace essere chiamato
come il mio fidanzato e io la sua fidanzata. Non
ero sicura di essere pronta per l'etichetta

fidanzata, ma mi ha assicurato che sarebbe andato tutto bene.

"Stiamo uscendo insieme, vero? Dormendo insieme?" Aveva detto. "Perché non vuoi chiamarmi il tuo fidanzato?"

"Sembra che ciò implichi molte responsabilità," avevo risposto dopo averci pensato un momento.

"Beh, non è così." Si è stretto nelle spalle. "È solo una parola."

Ha ragione, ma solo in parte. Questo è il college. Quasi nessuno esce con nessuno e ancora meno persone si impegnano a vicenda con parole pesanti come fidanzato e fidanzata. Voglio dire, Juliet e Dylan dormono l'uno con l'altro da molto più tempo e non credo che si avvicinerebbero al tema delle etichette per almeno altri sei mesi.

Oltre alla sua accettazione delle etichette, imparo anche altre cose su Simon. Scopro che ama il cibo indiano e il sushi, ma odia gli hamburger e le patatine fritte. Patatine fritte! Voglio dire, chi odia le patatine fritte? A volte ne mangia una o due quando usciamo per un drink, ma non ne è mai contento. Non capisco, ma ho rinunciato a cercare di convincerlo che le patatine fritte siano il cibo degli dei. Non voglio sprecarle. Di più per me, no?

Juliet ha deciso di tenermi aggiornata su Hudson, proprio come fa con il resto della gente sul nostro piano. Tranne ovviamente per il fatto Hudson non è come il resto della gente. In realtà, non mi interessa sapere cosa sta succedendo nella sua vita, ma Juliet non mi crede e comunque mi informa di tutto. Apparentemente, sta ancora vedendo Tea e stanno diventando più seri. Non so cosa significhi esattamente. Posso solo supporre che ciò significhi che ha effettivamente fatto il passo e si riferisce a lei come la sua ragazza. O forse no. Forse dormono insieme.

Sebbene Tea e io abbiamo avuto un discreto successo nell'evitarci a vicenda al corso di letteratura americana, veniamo nuovamente assegnate come partner nella lezione di oggi. So che è inevitabile che vada male mentre raccolgo le mie cose e muovo le sedie per essere più vicina a lei. Mentre esaminiamo i compiti, siamo sia generose che cortesi. È strano, ma non sento nemmeno una cattiva atmosfera proveniente da lei. Quanto a Hudson? È come se entrambi avessimo concordato silenziosamente di evitare un determinato argomento ed entrambi rispettassimo la nostra promessa.

Durante la nostra sessione di peer review, improvvisamente ricordo perché Tea mi era piaciuta così tanto quando l'ho incontrata per la prima volta, all'inizio dell'anno. Abbiamo molto in comune. Ad esempio, amiamo sia Virginia Woolf che Colleen Hoover. Non l'ho mai ammesso con nessuno prima di Tea, ma lei ne parla come se non fosse niente.

"Ma che dire di quello che dicono tutte quelle persone?" Chiedo. "Che non possono piacerti sia le cose di alta cultura come Virginia Woolf sia le cosiddette cose di bassa cultura. Sai, Colleen Hoover e altri autori romantici."

"Non parlo spesso con queste persone." Tea fa spallucce. Sta trasudando sicurezza. Praticamente sta sgorgando dalle sue vene. Spero solo che parte di essa si riversi su di me.

"Va bene, ma se così fosse? Se qualcuno te lo dicesse?" Insisto. In realtà voglio davvero conoscere la risposta. Ho letto molti blog e

articoli sull'argomento e non sono mai stata
d'accordo con nessuno di essi.

"Dirò loro che possono andare a farsi fottere. Alla
gente piace quello che piace e legge le cose per
una serie di motivi. Non vado in libreria e dico,
okay, sono in vena di solo alta cultura, oggi.
Voglio dire, chi diavolo lo fa?"

"Non lo so." Alzo le spalle.

"Tu sì?" lei chiede.

"Ovviamente no. Prendo solo un libro che mi
piace. Spesso basandomi sulla sua copertina,
leggo la trama e poi decido se sono dell'umore
giusto per la storia," dico.

"Esattamente! È capitato che entrambe amiamo
Virginia Woolf e Colleen Hoover. E allora?"

Sorrido. Ha ragione, ovviamente.

"È bello che qualcuno dica quello che penso,"
dico. "Non capisco cosa ci sia che non vada in
questa particolare visione del mondo. Voglio dire,
non è di larghe vedute ed esaltante? Non
significa che siamo aperte a tutte le possibilità?
Che tutto ciò che stiamo cercando è

l'intrattenimento, ma nel miglior senso della parola? Che non siamo vincolate da alcune convenzioni e opinioni di altre persone?"

"Penso di sì," dice, inclinando la testa. "E non si applica solo ai libri. Anche alle altre forme d'arte. Per me, tutto va bene. Eminem e Schubert. Taylor Swift ed Edith Piaf."

La guardo da vicino. Il modo in cui batte il dito sul tavolo, non per esasperazione o fastidio, ma semplicemente per passare il tempo. C'è qualcosa di accattivante e puro in Tea che non riesco a capire a fondo. È cauta e calma, ma forte e fiduciosa in modi che non riesco nemmeno a immaginare di poter imitare. Ecco perché, quando mi invita a casa sua la sera seguente, dico di sì senza esitazione.

CAPITOLO TRENTASETTE

Dovremmo studiare e ripassare i nostri appunti di *Il Giovane Holden*, ma invece parliamo di un libro che sta scrivendo.

"Stai scrivendo un romanzo? Veramente?" Dico sotto shock. Abbiamo entrambe diciotto anni e l'idea di persino iniziare un romanzo mi spaventa, ma Tea è impassibile.

"Ho questa idea in testa negli ultimi due anni e finalmente, questa estate, ho deciso di provarci. Voglio dire, che diavolo sto aspettando?"

"In cosa consiste?" Chiedo.

"Una misteriosa morte di un vecchio espatriato in Belize. La narratrice è una giovane donna che trova indizi sul suo omicidio in un libro di racconti popolari bielorussi."

"Sembra... intenso," dico. Mi ci vuole un momento per trovare la parola giusta. Il libro sembra interessante, ma ho scoperto che dire che qualcosa è interessante è una sorta di scortesia. È ciò che le persone dicono quando non sono veramente interessate.

"Sembra perfino drammatico," aggiungo.

"Si, credo." Lei scrolla le spalle ma i suoi occhi scintillano e ho la sensazione che sia più eccitante che drammatico.

"Allora, posso dirti qualcosa di imbarazzante? In realtà non so dove sia il Belize," dico. Odio ammetterlo, ma la geografia non è il mio punto di forza. Il nome sembra familiare, ma non saprei inserirlo nel mondo. È in Africa? Asia?

"Non è affatto imbarazzante." Lei ride. "È un piccolo paese dell'America centrale, proprio accanto al Messico e al Guatemala".

"Quanto piccolo?" Chiedo.

"Molto piccolo. Ha una popolazione di circa 320.000 persone. Come una città di medie dimensioni qui, ma è di lingua inglese. Una specie. Il loro accento è qualcosa a cui ci si deve abituare." Ride.

"Ci sei mai stata?" Chiedo. Non ho idea del perché qualcuno dovrebbe scrivere una storia sul Belize.

"Oh sì! La mia famiglia ha una casa lì e ci vado ogni estate per almeno un mese e spesso anche per le vacanze di Natale. Oh mio Dio, Alice. È il posto più bello della Terra. L'aria è piena di sale, speranza e allegria. Le persone ballano per nessun altro motivo se non che sono vive. Ogni giorno è come una celebrazione della vita."

"Sembra fantastico," dico. "Non vedo l'ora di leggere il libro."

Poi, improvvisamente, la conversazione verte su di me e sulla mia scrittura. Un argomento di cui non mi sento a mio agio nel discuterne. Affatto.

"Beh, non sto lavorando a un romanzo, questo è certo," dico timidamente.

"Ma scrivi? Giusto?"

"Sì," ammetto. "In realtà lo adoro, ma il fatto è che non ho molto tempo."

Il tempo è sempre stato un problema, per me. Per qualche ragione, avere altre cose da fare, come i compiti a scuola, mi fa deragliare completamente e mi rende impossibile lavorare. I compiti a casa pesano molto su di me e anche se non ci sto lavorando, non posso concentrarmi su nient'altro. Quindi, spreco il mio tempo su Internet o guardo Netflix invece di cogliere il poco tempo che mi rimane e scrivere. Poi, ovviamente, mi sento in colpa per tutto e la colpa rende ancora più difficile concentrarmi.

"So cosa intendi," dice Tea. "Il fatto è che devi prendere del tempo. Devi, se è importante per te, perché nessun altro lo farà."

"C'è qualcos'altro," dico. "Ho anche un po' paura. No, non un po', sono davvero, davvero spaventata."

Non intendevo citare la cosa, ma mi è semplicemente uscita fuori. Non l'avevo mai ammesso ad alta voce, prima. Non l'ho nemmeno ammesso con me stessa prima d'ora, nella privacy dei miei pensieri. Eppure, eccomi qui, a condividere le mie profonde paure e oscuri segreti con Tea, tra tutte le persone.

"Anch'io ho paura," dice. "Odio ammetterlo. È imbarazzante, vero? Voglio dire, cosa c'è da temere? È solo penna su carta o lettere su una tastiera. Ma è così. Stai riversando tutta te stessa sulla pagina, e se facesse solo tutto schifo? E se non andasse bene?"

Annuisco. Forse solo gli scrittori possono capire queste paure.

"Quindi devo solo dirmi che ciò che è importante è il processo. Nient'altro. Se è una merda, allora è quello che è. Non importa. Il prodotto finale non ha molta importanza. Almeno, non puoi preoccupartene fino a dopo. Mentre scrivi, devi lasciarti andare. A volte mi sembra di entrare in una sorta di coscienza alternativa in cui tutto ciò che sto facendo è scrivere e qualcun altro sta inventando la storia."

"Sì, naturalmente." Annuisco. "So esattamente di cosa stai parlando. È come se tutti i personaggi avessero una propria mente. Non sono più persone inventate. Non stai più giocando a fingere. Li hai creati, ma a un certo punto iniziano a parlare, a pensare e ad agire da soli."

"Esattamente!" Lei annuisce rumorosamente. Per un secondo, assomiglia a una marionetta e penso che la sua testa potrebbe saltar via dalle sue spalle e rotolare via in ogni momento.

"Per quanto riguarda la paura," continua Tea, "devi solo farlo. Un po' ogni giorno. Se scrivi qualche centinaio di parole per qualche giorno, nei prossimi giorni non ti preoccuperai di non poter scrivere. Costruire fiducia ed esperienza ti mostra che è possibile. All'improvviso, ti rendi conto che è solo un processo di costruzione. Metti alcuni blocchi ogni giorno e dopo un certo numero di giorni avrai un edificio."

"E quanti blocchi hai già impilato?" Chiedo, continuando con la sua metafora.

"Ho 45.000 parole. Il romanzo sarà di circa 60.000 parole."

"Hai quasi finito!" Dico. "Voglio davvero leggerlo quando sarà pronto."

"Può essere." Lei scrolla le spalle e distoglie lo sguardo.

"Per favore?"

"Non lo so," dice senza incontrare i miei occhi. "Ho paura."

"Paura? Ma che dire di quello che hai appena detto sulla paura?"

"Questa paura è diversa. Sono preoccupata per quello che dirai," dice Tea, guardandomi. Sta cercando di leggermi in faccia per vedere che tipo di critica io sia.

"Non esserlo," dico, cercando di metterla a suo agio. "Sono sicura che è meraviglioso e se non lo è, non te lo dirò."

Entrambe scoppiammo a ridere. Rido così forte che i miei occhi si inumidiscono un po'. Quando finalmente riprendiamo fiato, la faccia di Tea diventa molto seria.

"Prometti?" Chiede.

"Sì."

PROPRIO QUANDO STO PER ANDARMENE, Tea insiste per scaldare un po' di pizza rimasta della scorsa notte. Sono una fanatica della pizza riscaldata.

"Allora, come vanno le cose con quel ragazzo che stai vedendo? Simon?" Mi chiede versandomi un bicchiere di soda.

Il mio petto si stringe un po'. Ha affrontato l'argomento del fidanzato. Perché dovrebbe farlo? Non sa che la nostra relazione dipende da noi che non parlano esplicitamente dei nostri fidanzati? *Va bene, stai calma*, mi dico. Mi ha solo chiesto del mio ragazzo. Il territorio neutrale di Simon. Forse non nominerà affatto il suo ragazzo. Sicuramente, non ho intenzione di chiedere di Hudson.

"Bene." Annuisco. "Mi ha invitata per un fine settimana in questa casetta a nord."

"Wow, è un grande passo," dice.

"Lo so. Lo è. Non sono ancora sicura di come mi senta, ma vuole davvero che io vada con lui."

Sembra perplessa per un momento. Poi mi rendo conto che non è confusione, quella dipinta sul suo viso. È delusione. Con un pizzico di tristezza.

"Sei fortunata. Hudson non mi lascia nemmeno chiamarlo il mio ragazzo. Dice che non gli piacciono le etichette."

I brividi mi attraversano la schiena. Non posso credere che abbia citato il nome di Hudson, proprio così. Come se niente fosse. Solo una parola come tante.

CAPITOLO TRENTOTTO

"STAI BENE?" Chiede Tea, mettendomi una mano sul braccio. Non dico una parola da un po' di tempo. Il silenzio è assordante. Le mie labbra sono secche e la gola mi pizzica. All'improvviso ho così tanta sete che scommetto che posso bere una brocca d'acqua da un litro senza fermarmi.

"Bene," riesco a dire finalmente. "Allora, dimmi di più sul tuo libro."

"Non cercare di cambiare argomento," dice, riportandomi alla realtà.

Distolgo lo sguardo. Scrollo le spalle. Cerco nella mia mente l'ultima cosa che aveva detto. "Quindi, a Hudson non piacciono le etichette, eh?"

"No, almeno è quello che mi ha detto."

Alzo di nuovo le spalle e inizio a pensare ai modi per uscire da questa stanza il prima possibile.

"Era così con te?" Chiede Tea.

I suoi enormi occhi spalancati diventano in qualche modo ancora più grandi. Juliet adorerebbe le sue ciglia. Sono così curve e folte, a differenza delle mie. Forse potrebbe addirittura dire che Tea non avrà mai bisogno di ciglia finte. No, a pensarci bene, Juliet non è il tipo di ragazza da "meno è meglio".

"Ascolta, non mi sento molto a mio agio a parlarne," dico e inizio a raccogliere le mie cose, ma lei mi ferma.

"Mi dispiace, so che probabilmente è davvero imbarazzante per te," sospira Tea. "Non so proprio cosa fare. Non so se è solo un ragazzo normale o se ci sia qualcosa di veramente sbagliato."

Alzo le spalle.

"Quindi, era così con te?" Chiede di nuovo. Posso andarmene. Proprio ora.

Se prendo le mie cose e dico che non voglio davvero parlarne, posso semplicemente andarmene. Non può fermarmi. Quando la guardo negli occhi e vedo quello sguardo perduto sul suo viso, so che non posso. Sospiro e mi arrendo.

"Tipo come?" Chiedo.

"Riservato? Anti-etichette? Gli dispiaceva chiamarti la sua ragazza?"

"Allora era diverso, Tea. Eravamo entrambi al liceo. La quarta al liceo non è come il primo del college. Pensi di essere cresciuto, allora. Molte persone vogliono avere una relazione. Forse per nessun altro motivo se non quello di dire che ne hanno una."

Lei annuisce e sospira. Ha un senso, per lei. Cerco nella mia mente altre parole di spiegazione che potrei offrirle che non feriranno i suoi sentimenti.

"Inoltre, Hudson e io eravamo i migliori amici. Per molti anni prima che ci mettessimo insieme," dico. "Quindi, quando ci siamo messi insieme, era diverso. Era più serio, fin dall'inizio."

Di nuovo, sospira e distoglie lo sguardo. Le metto un braccio attorno alle spalle. Si fa piccola sotto il mio tocco.

"Quanto tempo siete stati insieme?" Chiede.

"Due anni."

"Pensi che forse non vuole fare diventare le cose serie perché è appena uscito da una relazione seria?" Mi chiede. Questo è esattamente quello che penso.

"Ne sono sicura. Se può essere una consolazione, è un po' come mi sento io."

"Cosa intendi?" Chiede Tea.

Lascio cadere il braccio dalla sua spalla e provo a staccarmi, ma lei si appoggia a me e aspetta la mia risposta.

"Beh, Simon mi chiama la sua fidanzata," dico. "Ma io non lo chiamo davvero il mio fidanzato. Non abbiamo discusso molto, a riguardo. Ha solo iniziato a farlo. Senza il mio permesso, in realtà. Forse Hudson si sente allo stesso modo. Forse non vuole complicare le cose proprio ora, capisci? Io certamente non lo voglio."

La vedo ascoltarmi, ma non sono sicura che mi stia davvero capendo.

"Allora, cosa è successo tra voi due?" Chiede all'improvviso.

"Cosa intendi?" Il mio cuore affonda. Non voglio parlare della nostra rottura. Per lo sguardo perplesso sul suo viso, non credo sia quello a cui si sta riferendo.

"Beh, stavate diventando di nuovo un po' amici, giusto? Mi ha parlato un po' di te e di come le cose stavano diventando più amichevoli e positive. Ora, non vi parlate più? Ha detto che eri arrabbiata con lui. Cosa è successo?"

Merda. Merda. Merda. Decido di fingere. "Niente." Alzo le spalle, cercando di far finta che vada tutto bene.

Guardo Tea. Non ci cascherà. Non ho idea se Tea sappia del ballo in maschera di Hudson, ma ho la sensazione che non lo sappia. Non c'è modo di dirglielo. È una cosa di Hudson. Deve dirle lui perché non l'ha portata con sé. Argh, odio quel ragazzo!

"Non lo so. È difficile essere di nuovo amici dopo una rottura. Ci abbiamo provato per un po', ma non sembrava giusto. Quindi, ci stiamo dando un po' di spazio," dico.

Raccolgo di nuovo le mie cose. Questa volta, me ne vado per me stessa. Prima che Tea mi coinvolga in qualche altra conversazione a cui non ho interesse partecipare.

"Ma Hudson ha detto che eri arrabbiata con lui," insiste Tea. "Cosa ha fatto?"

"Ascolta, Tea, devo andare. Non siamo più amici. Possiamo finire così?" Dico, mettendomi il cappotto.

Tea si alza. Penso che stia per abbracciarmi e accompagnarmi all'ascensore, ma invece blocca la porta.

"Sento che stai nascondendo qualcosa, Alice. È successo qualcosa?" Chiede. "Prometto che non mi arrabbierò. Devo solo conoscere la verità."

"Non è successo niente, Tea," dico. Uso di proposito il suo nome, allo stesso modo in cui lei ha usato il mio. "Non mi interessa Hudson. Non siamo più nemmeno amici. Seriamente, non hai nulla di cui preoccuparti."

Non si allontana dalla porta.

"Posso andarmene, per favore?" Chiedo. "Devo davvero tornare a casa."

Alla fine, si allontana. Molto riluttante.

"Me lo prometti?" Mi chiede. "Prometti che non è successo niente tra te e Hudson?"

"Sì, sì, lo prometto," mento.

Non so nemmeno come iniziare a rispondere a questa domanda.

Esco dall'edificio di Tea con la certezza che non mi abbia creduto. Onestamente, non ero molto convincente, ma non è il mio dovere mettere tutto a posto. Sono arrabbiata con Hudson per un motivo molto legittimo, ma non lo posso condividere con lei senza ferire i suoi sentimenti e metterla in imbarazzo. Questa è una cosa di Hudson. È sua responsabilità dirglielo o meno.

"Argh!" Grido nell'ascensore. "Merda. Merda. Merda, Hudson. Perché devi essere un tale stronzo?"

L'ascensore si ferma e le porte si aprono. Entrano due persone e faccio un respiro profondo. *Niente più sfoghi*, dico a me stessa e mordo il labbro inferiore per stare zitta.

CAPITOLO TRENTANOVE

Preparo una borsa per la nostra gita. Non è veramente "su al nord" perché si trova a sole due ore da Manhattan, ma i newyorkesi hanno una curiosa tendenza a chiamare tutto al di fuori di Manhattan "su al nord".

Guardando nel mio armadio, non so cosa portare. Guardo il mio telefono. Dovrebbe scendere tra i cinque e i dieci gradi questo fine settimana. Davvero freddo, almeno per me. So che diventerà ancora più freddo.

Prendo una piccola valigia da sotto il mio letto. Non sono brava in queste cose. Non lo faccio spesso e mi manca la pratica, almeno secondo i miei genitori, che prendono un aereo

praticamente ogni settimana e non pensano che
ci sia qualcosa di insolito, in questo. Mi fa male la
testa e sento le braccia pesanti quando cerco
maglioni appropriati nell'armadio. Odio
ammetterlo, ma il motivo principale per cui ho
difficoltà a fare le valigie è che non voglio partire,
in realtà. Non sono ancora a quel punto, con
Simon. L'andare via per il fine settimana. Perché
ha insistito così tanto perché andassimo via?
Perché diavolo è andato avanti e ha prenotato
questo posto senza nemmeno chiedermelo? Alle
ragazze piace la spontaneità nelle relazioni.
Quando i ragazzi prendono l'iniziativa e
prenotano fughe romantiche di coppia. Non sono
diversa, ovviamente. Solo che ciò che la maggior
parte delle ragazze non dice è che vogliamo la
spontaneità dei ragazzi con cui vogliamo
effettivamente andare in viaggio. Altrimenti, è
imbarazzante. Scomodo. Pressante.

Se Simon mi avesse chiesto di questo viaggio
prima di prenotarlo, avrei detto di no, ma non l'ha
fatto. Ha solo detto di averlo prenotato e di non
poter annullare senza perdere tutti i suoi soldi. E
questo è molto pressante.

Guardo il mio telefono. Sembra accogliente e caldo. Una bella vacanza in montagna. Se non fosse stato per Simon, sarei davvero entusiasta di partire per questo viaggio. Non sono più uscita da New York da quando sono qui e sono davvero curiosa di scoprire la natura sulla costa orientale. È completamente diversa dal tipo di natura a cui sono abituata.

Un bussare alla mia porta aperta interrompe la mia concentrazione, sorprendendomi. Quasi lascio cadere il telefono.

Cosa c'è? Muovo le labbra verso Hudson. Mi fa cenno della musica troppo forte. Con riluttanza, metto in pausa "Ex's and Oh's" di Elle King e mi giro verso di lui.

Hudson è appoggiato allo stipite della porta. Sembra quasi che lo stia effettivamente sostenendo.

"Posso parlare con te?" Mi chiede. C'è qualcosa di insolito nel suo comportamento. Sembra perso, in qualche modo. Vulnerabile.

Non dico niente e torno alla mia valigia.

"Alice?"

"Vai, parla," dico, piegando il mio maglione di lana merino viola preferito con un ampio dolcevita nella mia borsa.

"È quello il maglione che ti ho preso per Natale, l'anno scorso?" Chiede.

Annuisco e ci metto sopra un altro maglione. Non lo ammetterò ad alta voce, ma è uno dei miei preferiti.

"Sono contento che ti piaccia," dice piano.

Lo guardo. I suoi occhi nocciola sembrano verdi in questa luce e cercano qualcosa sul mio viso. Qualunque cosa debba dirmi, è serio.

"Lo adoro," ammetto.

Non posso mentire. Di solito non mi piace la lana. Di solito è voluminosa e calda o prude da morire, ma questo maglione è fantastico. Super confortevole e morbido. Non mi pizzica mai. Va bene con praticamente tutto. Collant. Jeans. Anche con il pigiama.

Hudson me lo diede la Vigilia di Natale sulla spiaggia di Malibu. Abbiamo trascorso la giornata insieme nuotando, baciandoci e bevendo vino. Dopo aver fatto un picnic sulla spiaggia e aver visto il tramonto, mi ha consegnato la scatola con il maglione. Gli è costato un mese di stipendio.

"Che cosa vuoi, Hudson?"

"Ho sentito che stai andando via con quel ragazzo. Simon."

Alzo le spalle.

"È così?"

"Sto facendo i bagagli, no?" Chiedo. Suona da stronza e non da me. Mi dispiace averlo detto, ma non mi scuserò.

"Per quanto?"

"Non molto tempo. Da domani a domenica."

"È molto, Alice. Molto tempo," dice. Lo fisso. Non ho idea di dove voglia arrivare.

"Pensi che sia troppo presto?" Chiede.

La mia pazienza si sta esaurendo. Non ci parliamo nemmeno e ora dovrei stare qui e ascoltare una lezione su "è troppo presto" dal mio ex?

"Troppo presto? Sei pazzo?" Dico. "Vattene, Hudson."

Provo a chiudere la porta, ma lui mette il piede nella fessura. "No, ascolta, Alice. Questo non ha nulla a che fare con me. Sono solo preoccupato."

Alzo gli occhi al cielo.

"Sai che la scenata di gelosia dell'ex fidanzato è una cosa vecchia, Hudson. Ne sono stufa."

"No, non ha nulla a che fare con quello," dice. Per il modo in cui lo dice, improvvisamente gli credo. C'è sincerità nella sua voce.

"Ho scoperto qualcosa su Simon," dice Hudson.

"Che cosa?" Chiedo prima di avere la possibilità di pensarci. "No, sai cosa, non importa. Non mi interessa."

"Alice, per favore. Ascolta. Non voglio che tu vada," dice Hudson. I suoi occhi si stringono. Le pupille si dilatano.

"Non mi interessa quello che vuoi tu. Non sono affari tuoi," dico, rifiutandomi di riconoscere la sensazione di disagio nel mio stomaco che dice che forse ha ragione.

"Fa uso di droghe, Alice," Hudson dice infine. "Non volevo dirtelo, ma tu mi hai costretto e non sto parlando di una canna nel weekend. Cocaina. Metanfetamina. E molta."

"Metanfetamina? Sei serio?" Chiedo, alzando gli occhi al cielo. Non ci credo in nessun modo. "Non lo fa. È una bugia."

"L'ho sentito da Juliet qualche tempo fa. L'ha sentito da qualcun altro."

"Oh, wow, chi può discutere con la parola di qualcun altro," dico beffarda.

Hudson mi ignora e continua, "All'inizio non volevo dire niente perché pensavo che l'avresti scoperto da sola. Poi ho sentito che stai andando via con lui."

"Non ti credo." Alzo le spalle.

"È stato arrestato, Alice. Ha dei precedenti."

Alzo le spalle. Non ne so nulla, ma non è che non creda ad Hudson. Solo, non voglio dargli questa soddisfazione. Inoltre, un precedente è sufficiente per annullare tutto? È un'ottima scusa, mi rendo improvvisamente conto. Poi guardo Hudson. Sta cercando nel mio volto qualche speranza che io gli creda. No, non posso farlo.

"Alice, per favore, non andare. Ho una brutta sensazione riguardo a tutto questo."

"Hudson, non capisco cosa tu voglia da me," dico, anche se ha già risposto alla mia domanda. Faccio un respiro profondo e riprovo. "Hudson, è finita. Non lo sai? Perché vai in giro a dire cazzate sul mio ragazzo?"

Lui non risponde. Sperando che se ne vada, torno a fare i bagagli.

"Alice..." inizia, ma lo interrompo.

"Sei solo geloso, Hudson. Non stiamo insieme e non ti parlo più perché sei uno stronzo. E ora sei arrabbiato. Vuoi rendere la mia vita difficile. Davvero, pensavo fossi migliore di così."

Scuote la testa, ma non si muove per andarsene.

"A proposito, per favore, non mettermi in mezzo a te e Tea, qualunque cosa tu stia facendo. Sa che sono arrabbiata con te per qualche motivo, ma non sa perché. Mi stava facendo pressioni per dirglielo. Non voglio essere coinvolta nei tuoi drammi, Hudson. Hai capito?" Dico.

Mi giro verso di lui. È ancora in piedi sulla soglia.

"Alice, per favore," prova di nuovo. Non mi importa più. Gli spintono il piede via dallo stipite e gli sbatto la porta in faccia.

CAPITOLO QUARANTA

SIMON HA NOLEGGIATO un'auto per l'occasione.
Non sto in una macchina che non sia un taxi da
più di due mesi e mi sento eccitata. Onestamente,
non sapevo quanto mi mancasse la macchina e la
libertà che ne deriva fino a quando non ci sono
dentro. Simon mi lascia guidare anche se l'auto a
noleggio non è sotto il mio nome. Sedermi di
nuovo al volante dopo tutto questo tempo mi fa
capire quanto mi sia sentita confinata nel vivere a
New York City. Posso andare ovunque. Posso
guidare tutto il giorno e arrivare in Canada o
guidare diciotto ore e arrivare in Florida o per
quattro giorni e finire a casa a Los Angeles.

"Come vivono le persone in città per tutta la vita senza andare da nessuna parte?" Chiedo a Simon, retoricamente.

"Molti newyorkesi pensano che attraversare il parco sia un grosso viaggio." Lui scrolla le spalle.

"Beh, ho capito." Sorrido. "Perché devi prendere l'autobus o cambiare treno, ma se avessi una macchina..."

Lascio che le mie parole scompaiano mentre immagino tutti i posti meravigliosi in cui potrei andare e tutte le cose che potrei vedere se avessi una macchina. Connecticut. Boston. Maine. Cazzo, persino Terranova.

Sfortunatamente, non andrò in nessuno di quei posti, oggi. In due ore, arriviamo ad un piccolo gruppo di casette in una foresta. Questo posto non è lontano, ma sembra che abbiamo viaggiato in un altro universo. Un mondo in cui Manhattan e tutte le sue luci e follia non esistono. Gli alberi luccicano alla luce del sole. Nessuna foglia è verde; tutte sono nelle diverse tonalità di autunno: giallo, arancione, rosso, oro. Soffia un vento leggero e alcune foglie dorate si staccano e danzano sotto il cielo senza nuvole. L'aria è fresca e odora di rugiada e di pino fresco.

"È bellissimo," sussurro, dimenticando immediatamente tutte le mie preoccupazioni sul venire qui.

La natura mi mette sempre a mio agio. A differenza di New York, dove raggiungere la natura, la vera natura, richiede il noleggio di un'auto, a casa, immergersi nella natura è un gioco da ragazzi. La natura vera è a soli cinque o dieci minuti di auto, a seconda di dove vivi. Nonostante ciò che pensano molte persone, la California del sud è un luogo selvaggio. Le sue montagne e colline sono piene di leoni di montagna e coyote. Anche nei sobborghi, dove vivono i miei genitori, i coyote spesso arrivano fino a casa per cantare le loro canzoni stridenti di speranza e dolore.

Tornando qui in mezzo ai boschi, sul Monte Peekamoose, sento nostalgia di casa e pace allo stesso tempo.

"Sai, sono davvero felice di essere venuta qui con te," dico. "All'inizio non ne ero così sicura, ma ora che siamo qui, è davvero bello. Avevo davvero bisogno di una pausa dalla città."

Simon mi sorride, il tipo di sorriso che riempie tutto il suo viso. I suoi occhi scintillano e le sue guance si arrossano.

***

Dopo un'ora di camminata, torniamo a casa energici e più vivi di prima. Abbiamo riso praticamente tutto il tempo in cui abbiamo camminato e le mie gambe non mi fanno molto male per lo sforzo, ma per aver riso così forte.

"Vado a prendere un po' di legna da ardere," dice Simon. "Voglio accendere un fuoco."

Annuisco ed entro nella casetta. È decisamente caratteristica e accogliente. La pubblicità non mentiva. Il letto è morbido e fornito di più coperte e plaid che possiamo eventualmente usare. C'è un grande armadio nell'angolo e mi fa venire voglia di disfare la mia borsa. Apro la cerniera, ma non posso fare altro che cambiare la mia maglietta sudata con il maglione merino di Hudson. No, non di Hudson.

È il *mio* maglione merino. Il suono aggraziato di una ghiandaia blu attira la mia attenzione. Cammino verso la finestra per dare un'occhiata. Ammiro il modo in cui le piume blu dell'uccello brillano al sole e il modo in cui canta senza preoccuparsi del mondo. Poi, un po' più in basso lungo il sentiero che si snoda tra gli alberi, vedo Simon.

Sto per chiamarlo, ma qualcosa mi ferma. Invece, lo guardo e basta. Lascia cadere a terra la catasta di legna che porta sotto il braccio e tira fuori dalla tasca un tubo di vetro sporco. Si guarda intorno per assicurarsi che non ci sia nessuno e lo accende. Potrebbe essere erba. Crescendo a Los Angeles, conosco molte persone che fumano erba. Ma nessuno di loro lo fa in segreto, curvo con quello sguardo paranoico negli occhi.

Apro la finestra. Chiamo il suo nome. Voglio vedere come reagirà. Non sa da dove viene la mia voce e si accovaccia dietro un cespuglio per nascondersi. Attraverso gli arbusti, lo vedo prendere una grossa boccata e mettere la pipa in tasca.

Pochi minuti dopo, Simon torna nella cabina con la legna da ardere in entrambe le mani.

"Che cosa succede?" Chiede senza fiato.

Sono seduta sul letto, non sono sicura di come o da dove iniziare. Una strana sensazione di malessere si diffonde dentro di me. Presto, mi rendo conto che non è tanto malessere, ma delusione. Pensavo davvero che Simon fosse meglio di così. Non sto nemmeno parlando della sua dipendenza. Pensavo non fosse un bugiardo.

Non posso girarci intorno. Devo solo chiederglielo direttamente.

"Cosa stavi fumando?" Chiedo.

"Che cosa? Niente. Non stavo fumando niente." Si allontana da me.

"Non mentirmi. Ti ho visto," dico senza scendere dal letto. Mi sento come se stessi trattenendo una roccia da cento chili sulle mie spalle e se dovessi alzarmi, dovrei portarla con me.

"Okay, okay. Non è niente. Solo qualcosa per rilassarmi." Simon mi fa l'occhiolino.

Pensa di poter usare il suo fascino ed il suo carisma per evitare la conversazione. Per farmi dimenticare ciò che ho visto. Non posso. Non è solo qualcosa per rilassarsi. Le sue azioni laggiù lo provano. Non dico niente.

"Dai, Alice. Non ti preoccupare, okay?"

"No." Scuoto la testa.

"Dimentichiamolo e basta. Non lo farò più, lo prometto." Si accovaccia accanto a me.

Mi mette le braccia in grembo e mi guarda con occhi supplicanti. Per un secondo, sono tentata di dimenticarmene. Non mi piace litigare e la casa è abbastanza rilassante. Poi sento il suo odore. Sicuramente non è erba. Non ho mai sentito l'odore di metanfetamina, ma questa è l'unica cosa che riesca ad immaginare.

"Non posso, scusa," dico, spingendolo via.

L'invisibile roccia da cento chili svanisce non appena mi alzo. Le mie guance sono arrossate. Sono arrabbiata. Furiosa. Non del tutto con Simon. Sono furiosa con Hudson. Cammino verso la mia borsa. Mi giro. All'improvviso, mi sento totalmente apatica nei confronti di Simon. È come se fosse la scusa che stavo aspettando.

"Sei mai stato arrestato?" Chiedo.

Esamino attentamente il suo viso. Simon incontra i miei occhi e non distoglie lo sguardo. Il suo sguardo è disarmante.

"No," mente. So che è una bugia. Dall'espressione sul suo volto, sa che so che è una bugia.

"Va bene, va bene, sì." Simon si avvicina a me e mi afferra la mano. Pensa che il contatto fisico mi renderà più comprensiva nei suoi confronti.

"Ma è stato l'anno scorso. Non è stato un grosso problema, Alice."

"Sì, certo," dico. Raccolgo le poche cose che ho tolto dalla borsa e le rimetto dentro. "Me ne vado a causa delle droghe, ma è solo una scusa. Lo so. L'intero viaggio è stato un passo troppo grande per noi. Il mio unico rimpianto è che non mi sia ascoltata quando pensavo che fosse troppo presto."

"Dove stai andando?" Chiede Simon.

"A casa," dico. "Vado a casa."

"Che cosa? Perché? Abbiamo questa grande casa. Dai, resta, per favore."

"Avevo già dei dubbi su questo viaggio prima e questo li ha solo confermati," dico, indicando la tasca dove ha messo la pipa.

"Non è niente, Alice. È solo per divertimento."

"Veramente? Allora perché sei stato arrestato? Perché hai sentito il bisogno di fumare tra i cespugli, se non ti vergogni di niente?" Dico, afferrando la mia borsa.

Sono grata per il fatto di non aver disfatto tutto subito.

"Alice, per favore. Dai, sii ragionevole."

"Lo sono. Non voglio restare."

"Beh, io sì e non tornerò in città fino a domenica," dice Simon con aria di sfida, gettandosi sul letto in segno di protesta.

Non avevo considerato questa possibilità. Merda.

"Bene," dico dopo un momento.

"Che cosa hai intenzione di fare? È già buio là fuori."

"Vado a chiamare un taxi o un Uber," dico.

"Fino in città? Ti costerà un anno di affitto!" Lui ride. Non ho mai visto questo lato di lui, prima. Il lato beffardo, insensibile, petulante, infantile.

"Vado a prendere un taxi fino alla stazione ferroviaria," spiego. Non so perché mi sia nemmeno disturbata a dirlo. Non sono più affari suoi.

Simon salta giù dal letto e mi ferma vicino alla porta.

"Alice." Mi mette una mano sulle spalle. Lo scrollo di dosso. "Alice," dice più forte questa volta. "Non puoi andartene."

"Sto andando via." Giro la manopola.

"Dannazione, Alice." Colpisce la porta con il pugno, sbattendola all'improvviso.

Mi fa sussultare. La porta si chiude con tale forza, i peli sul retro del mio braccio si alzano. Un brivido di paura mi scorre nelle vene.

E se non mi lasciasse andare via?

Cosa dovrei fare?

Mi rivolgo verso Simon. La sua faccia è a pochi centimetri dalla mia. Sento il suo respiro caldo e ardente sul mio viso. Il sangue mi scorre nelle guance e nelle labbra. Il cuore mi batte così forte nel petto che lo sento nelle tempie.

Thump-thump.

Thump-thump.

Thump-thump.

Faccio un respiro profondo. Non distolgo lo sguardo da lui. Lascerò questo posto, in un modo o nell'altro.

L'oscurità nei suoi occhi svanisce lentamente e il vecchio Simon ritorna da me.

"Mi dispiace davvero, Alice, davvero," dice. Mi mette la testa sulla spalla.

"Lo so," sussurro. "Ma devo andare."

Apro di nuovo la porta. Questa volta, non mi ferma.

Quando esco dalla sua visuale, finalmente emetto un profondo sospiro di sollievo.

CAPITOLO QUARANTUNO

CIRCA DOPO UN chilometro lungo la strada, comincio a vacillare sulla mia decisione di andarmene così in fretta. Ho provato a chiamare un taxi, ma non mi sono resa conto fino a quando non ho lasciato la casa che non ho ricezione, qui fuori. Neanche una tacca. Tuttavia, non posso tornare indietro. L'insistenza di Simon sul farmi rimanere mi spaventa. Se non ero sicura di andarmene prima, sicuramente lo sono stata dopo. Ci sono molte cose che non conosco su di lui e non dovevo venire qui.

Ricordo quello che ho sentito poco tempo fa sulle donne e l'intuizione. Apparentemente, le donne hanno una grande intuizione. Il problema è che spesso non la ascoltano e non agiscono di conseguenza ad una varietà di fattori. Non vogliono ferire i sentimenti di qualcuno. Si sentono in imbarazzo. Pensano che sia illogico. Non ha alcun senso.

D'ora in poi, deciderò di ascoltare di più la mia intuizione. Se l'avessi ascoltata prima, non sarei in questo pasticcio.

La strada è tortuosa e illuminata solo dalla luce bluastra della luna. Essa non penetra in ogni curva; gli alberi che abbracciano entrambi i lati della strada ne bloccano la maggior parte.

Il profumo di pino non è più invitante e confortante. Invece, sto iniziando a spaventarmi. Non ho paura del buio da quando avevo sei anni, ma nei boschi tutte le mie vecchie paure riaffiorano. Accendo il telefono. Mi resta ancora molta batteria. Faccio clic sul pulsante della torcia e il LED luminoso mi dà un po' di sollievo.

Un'auto mi supera. Poi un'altra. Pochi minuti dopo, un'altra. Rallentano tutti quando mi vedono. Ancora una volta, i brividi mi percorrono sulla schiena. Non sarei dovuta restare alzata fino a tardi a guardare una maratona di vecchi

programmi di Dateline su YouTube, ieri sera.
Tutti quei misteri di omicidi, che sembravano
così interessanti quando ero nella sicurezza del
mio letto, ora sembrano terrificanti. Studentessa
del college che cammina da sola su una strada di
campagna abbandonata. Riesco a sentire la voce
rilassante ma sinistra di Keith Morrison che narra
la mia storia.

"Okay, okay. Non puoi continuare così," dico ad
alta voce. "La stazione ferroviaria è a quasi
cinque chilometri di distanza dalla casa, ne
mancano solo, quanti, altri tre per arrivare a
destinazione? Puoi farcela. Non succederà
niente. Basta smettere di dare di matto."

Guardo di nuovo il mio telefono. C'è qualcosa di
confortante, anche se non ho segnale. È una via
d'uscita. La mia possibilità di farcela. Ringrazio
Dio che le indicazioni per la stazione ferroviaria
siano ancora memorizzate nella cache nella
schermata delle mappe. Altrimenti, sarei
totalmente fottuta.

Una macchina si ferma accanto a me. Non la
sento fino a quando l'autista suona il clacson.

Beep. Beep.

Fanculo. È Simon. Mi ha trovata. Non posso
entrare nella sua macchina. Mi guardo intorno
prima di girarmi per affrontarlo. Cosa posso fare?
Posso correre nel bosco, decido. Dovrà prima
rendersi conto di quello che ho fatto e se vuole
seguirmi, dovrà accostare, parcheggiare l'auto,
uscire e poi corrermi dietro. Questo mi darà un
buon vantaggio.

*Non importa cosa succeda, non salire in quella
macchina,* sussurro silenziosamente a me stessa.
Se questa è una cosa che ho imparato da tutti
quegli show di crimini è che tutto va a puttane
quando la ragazza sale in macchina.

"Alice!" Non credo a quello che sento. La voce
non è sicuramente quella di Simon. Non può
essere chi che penso che sia. Può?

Mi giro. Le mie orecchie non mentivano. È
Hudson.

"Cosa stai facendo qui?" Chiedo. L'aria fredda mi
pizzica la gola. Mi chiudo il cappotto intorno al
collo, desiderando di non aver dimenticato di
mettere in valigia la sciarpa.

"Sali," dice. "Si congela là fuori."

Voglio farlo. Ardentemente. Sto congelando. Sto letteralmente congelando, probabilmente, ma sono arrabbiata con lui e non ha ancora risposto alla mia domanda.

Scuoto la testa. Ne ho abbastanza di ragazzi che mi fanno da padrone, per oggi. Continuo a camminare, ben consapevole del fatto che sia il mio orgoglio che mi tiene fuori dalla sua macchina. Nessuna intuizione. Hudson è un ragazzo eccezionale e non mi farebbe mai sentire a disagio. Mi spezzerebbe il cuore e mi farebbe desiderare di morire, ma non mi spaventerebbe mai.

Guida lentamente al mio fianco.

"Dai, Alice. Smettila di fare la testa di cazzo. Sali," dice attraverso il finestrino abbassato.

Scuoto la testa.

"Perché sei qui?" Urlo. In parte a causa del vento ululante e in parte perché sono arrabbiata con lui. "Mi stai seguendo?"

"Perché *tu* sei qui?" Urla lui. Chiaramente, non risponderà alle mie domande. "Se ti stai divertendo così tanto con Simon, perché stai camminando per la strada da sola nel bel mezzo della notte?"

"Vaffanculo!"

"Dai, Alice. Per favore, sali." Il tono nella sua voce cambia. Sta supplicando, ora, ma il mio cuore rimane freddo. Il mio orgoglio è forte.

"Non ho bisogno che tu mi segua, Hudson. Sto bene," dico.

Mi aspetto che il nostro battibecco continui fino a quando non raggiungerò la stazione ferroviaria. Posso usarlo come scorta. È freddo, buio e ventoso. Ho paura di essere tutto sola, qui fuori. Con lui è meglio.

"Bene!" Hudson urla e si allontana. Lo stridio delle gomme mentre si allontana mi spezza il cuore.

"No, no, no," dico guardandolo scomparire nell'oscurità. "Per favore, non andare."

Non inseguo la macchina. Mi fermo e rimango in piedi come una statua. Impossibile eseguire alcun movimento. Una sensazione di inevitabile rovina si diffonde nel mio corpo. Rimpianto. Perché non sono semplicemente salita in macchina? Perché devo essere così stupida? È venuto fin qui. Era qui per aiutarmi. Ti ama. Perché dovevo essere così fredda? Così spietata? Un milione di altre cose che avrei dovuto dire e fare mi passano per la testa.

Guardo in lontananza. Aspettando che torni. Non lo fa. È andato. Davvero andato.

Faccio un respiro profondo.

Puoi dipendere solo da te stessa, nella vita. Non c'è nessun altro. Sicuramente non un ragazzo.

Una coppia di fari dall'altra parte della strada mi acceca e scompare. L'auto fa un'inversione a U dall'altra parte della strada e si ferma accanto a me.

"Tea ed io ci siamo lasciati!" Hudson urla dal finestrino aperto.

CAPITOLO QUARANTADUE

Questa volta non ha bisogno di convincermi a
salire. Nessuno di noi dice un'altra parola mentre
salgo sul sedile del passeggero. Non entro per
quello che ha detto. Sarei entrata anche se avesse
detto che mi odiava. Non capita tutti i giorni di
avere la possibilità di correggere la decisione
sbagliata che si ha appena preso. Non avevo più
bisogno di segni che questo fosse ciò che dovevo
fare.

Mentre alzo il finestrino, il calore dell'aria
all'interno mi mette a mio agio. Il calore esce dal
sedile. Comincio a scaldarmi.

"Mi porterai alla stazione ferroviaria?" Chiedo.

"Perché? Sto tornando a casa."

"Penso di voler andare alla stazione ferroviaria," dico. Non ho una buona ragione. Non voglio tornare con lui. C'è qualcosa a riguardo che non mi piace. Se gli permetto di portarmi a casa, sarà il mio cavaliere in armatura splendente o qualcosa del genere.

"Perché devi essere così testarda?" Mi chiede.

"Mi porti lì o no?" Chiedo. Grugnisce e fa qualcosa che sembra una scrollata di spalle.

Guidiamo in silenzio per alcuni momenti. È assordante. Siamo stati in grado di passare del tempo nella stessa stanza per ore e non parlare senza sentirci a disagio. Ora è tutto diverso.

"A proposito, cosa stavi pensando laggiù?" Chiede Hudson. Il tono della sua voce è accusatorio. Arrabbiato. "E se non fossi tornato per cercarti? Sai, tu e il tuo stupido orgoglio. Ti farà uccidere." Lui scuote la testa. "Va bene ammettere che a volte hai bisogno di aiuto, lo sai? Va bene sentirsi persi. Non devi fare tutto da sola tutto il tempo."

Hudson continua la sua lezione. Non è uno che parla molto. Tende a tenere le cose dentro per la maggior parte del tempo, dietro una porta con una grande serratura. Una serratura a cui non ho una chiave. Ascoltare la sua lezioncina mi fa sorridere. So che si vuole prendere cura di me, ma non capita tutti i giorni di ottenere la conferma effettiva di questo fatto.

"Cosa? Perché stai sorridendo? Sono davvero arrabbiato con te, Alice."

Annuisco. "Lo so. Hai ragione," dico.

"Ho ragione? Aspetta, cosa?" Rallenta per fermarsi.

"Cosa stai facendo?"

"Devo commemorare questo momento. Non credo di aver avuto ragione, beh, mai."

"Bene, allora è meglio assaporarlo." Rido. "Non sono sicura che ricapiterà presto."

Ricominciamo a guidare.

"Cosa stavi pensando, mentre venivi qui?"
Chiedo. "Voglio dire, e se tutto tra me e Simon
fosse andato bene? E se non lo avessi affrontato?"

"Sarei rimasto lì." Lui scrolla le spalle. "Volevo
assicurarmi che stessi bene."

"Saresti stato lì? Dove?"

"Nel parcheggio."

"L'intero fine settimana?"

"Può essere." Lui scrolla le spalle. "Non lo so.
Non avevo davvero un piano."

Alzo gli occhi al cielo e non dico niente per
un po'.

"Non avevo idea che sarebbe successo tutto
questo. Volevo solo parlarti. Questo è tutto," dice
dopo un po'. Sta guardando dritto. Delle ciocche
di capelli gli cadono in faccia. Le sposta dietro
l'orecchio. "Non voglio che tu pensi che sia una
specie di stalker," aggiunge Hudson.

"Lo so."

"Poi ti ho vista andartene. Quindi ti ho seguita."

Annuisco. Questo ha senso.

Nessuno di noi dice una parola per un po'. Poi ricordo qualcosa che aveva detto.

"Che cosa è successo tra te e Tea?" Chiedo.

Hudson scrolla le spalle e scuote la testa. Guarda dritto. So che sta evitando il contatto visivo con me.

"Hudson?" Non posso lasciarlo vincere così. La vedrò di nuovo e devo sapere cosa dovrei aspettarmi.

"Ci siamo lasciati," dice. Si stringe di nuovo nelle spalle, il tipo di scrollata di spalle che mi rende certa che ci sia qualcosa che non va. "Non sono sicuro che si tratti di una rottura poiché non ci vedevamo davvero ufficialmente, ma comunque."

"Cosa intendi?"

"Non ci frequentavamo ufficialmente. È una rottura se non c'è niente da rompere?"

"Lei lo sapeva?" Chiedo.

"Non dirlo anche tu." Lui mi guarda dritta in faccia. "Sì, sono stato molto chiaro con lei a riguardo."

"Non sembrava, visto come ne parlavamo," dico.

Hudson scuote la testa. Infastidito.

"Allora perché hai interrotto la cosa?" Chiedo. Sto molto attenta a non dire "rottura".

"Non l'ho fatto. Lo ha fatto lei," dice.

"Che cosa?" Chiedo. È difficile da credere. Tea era davvero presa da lui. Perché avrebbe dovuto farlo?

"Ha detto che non voleva avere una relazione del genere. Voleva di più. O stavamo insieme, esclusivamente, oppure no. Non potevo darle quello che voleva."

Gli chiedo perché, anche se conosco la risposta.

Ci fermiamo al semaforo. Si gira completamente verso di me sul suo sedile. Mi guarda dritto negli occhi. Vedo la luce del semaforo rosso nei suoi occhi e mi chiedo se anche lui riesca a vederla nei miei.

"È difficile starti dietro, Alice," dice Hudson, piano.

I brividi mi corrono lungo la schiena. Le punte delle dita diventano fredde. Poi diventano insensibili. Non so cosa significhi. No, non è vero. Lo so. Ho i miei sospetti, ma non oso presumere. Non *voglio* saperlo.

"Di cosa," inizio. La mia voce è roca e le parole escono spezzate a metà. "Di cosa stai parlando?" Provo.

La luce diventa verde. Si allontana dall'incrocio e si avvicina al lato della strada.

"Cosa stai facendo? Perché accosti?" Chiedo velocemente. Mi sento prendere dal panico per ciò che potrebbe accadere e per ciò che potrebbe non accadere.

"Voglio dirti una cosa," dice Hudson piano.

Non distolgo lo sguardo dal parabrezza anteriore anche se Hudson si gira di nuovo verso di me.

"Alice? Rivolgiti verso di me. Per favore," dice, toccandomi la mano. Mi allontano dal suo tocco. Faccio un respiro profondo. Calmo il mio cuore pulsante. Quindi mi giro per affrontarlo.

"Ti amo," dice lentamente, lasciando spazio ad ogni parola.

"Che cosa?" Mormoro.

"Ti amo, Alice," dice ancora. Provo a leggere il suo sguardo. È vuoto. Tutto quello che vedo è quanto la sua pelle baciata dal sole sia sbiadita nella desolazione di un autunno a New York.

"Ti amo anch'io," dico un po' troppo in fretta.

Non è una bugia, ma non è nemmeno la verità. Non sono sicura di cosa significhi il suo "Ti amo". Ti amo come amica. Ti amo come una volta. Ti amo e voglio tornare insieme. Ti amo e voglio essere amici. Restiamo seduti in silenzio per un po'. Sembra che dovremmo baciarci, ma il momento non è quello giusto. C'è una sorta di distanza tra noi. Piena di tutte le cose che non sono state dette. Tutte le cose che dovrebbero essere spiegate.

Lentamente, Hudson riavvia la macchina e la mette in marcia. Facciamo il resto del percorso fino alla stazione ferroviaria come se fossimo estranei.

CAPITOLO QUARANTATRÉ

IL PARCHEGGIO È VUOTO e Hudson si ferma proprio davanti all'insegna per disabili.

"Ti accompagno dentro," dice mentre scendo dall'auto.

"Non ce n'è bisogno," dico, ma mi ignora. Non lo fermo. Camminiamo insieme nella stazione ferroviaria. È piccola e deserta. Ci sono solo alcune sedie disposte lungo le pareti. Non c'è nessuno alla biglietteria. Controllo la grande lavagna elettronica dietro il bancone. Il primo treno per tornare in città arriverà tra venticinque minuti.

Vado al distributore automatico di biglietti e compro un biglietto di sola andata.

"Sei sicura di non voler tornare con me?" Chiede mentre premo "compra". Scuoto la testa.

"Ci vediamo lì," dico. "Grazie per essere uscito, comunque. Veramente. Lo apprezzo molto."

Hudson fissa le sue scarpe. Sono un vecchio paio di scarpe da ginnastica senza lacci che ha da anni. Non le indossa spesso. So che sono le sue scarpe preferite quando si tratta di sentirsi a proprio agio.

"Da quanto tempo hai quelle scarpe?" Sorrido. "Almeno dalla seconda superiore."

"Prima." Lui annuisce. Quando i nostri occhi si incontrano, i suoi luccicano sotto la dura luce fluorescente nella stanza.

"Ti libererai mai di loro?" Chiedo.

"Ti libererai mai di Bear?"

Il respiro mi si blocca in gola e tossisco. Bear è un vecchio orsacchiotto che ho da quando ero una bambina. Non gioco più con lui. È troppo vecchio e fragile, ma sta seduto sopra il mio comò e lo stringo ogni volta che mi sento persa, confusa o sola.

"No, certo che no!" Ansimo.

"Hai mai sentito che il bue non dovrebbe mai dare del cornuto all'asino?" Scherza.

"Giusto." Sorrido.

Mi sento improvvisamente a mio agio. So che Hudson e io staremo bene. Amici. Questa volta davvero. So che non mentiva quando ha detto che mi amava. Sicuramente no. Cosa succede all'amore, dopo l'amore? Mi chiedo. Forse questo. Questa amicizia è un po' più di una semplice amicizia. Qualcosa di un po' più profondo. Più vicino. Più insolito.

"Oh, ehi, hai detto che volevi parlarmi di qualcosa. In macchina. Di cosa volevi parlarmi?" Chiedo.

"Solo di noi. Di come mi manchi."

"Ti manco?"

Lui annuisce. Sento il suo sguardo sulle mie labbra. Si avvicina di un passo a me. Sento il suo respiro leggero sulla mia guancia. Siamo così vicini l'uno all'altro che richiederebbe più energia allontanarsi che avvicinarsi insieme. Improvvisamente, si scosta.

"Sai, mi manca essere amici. Mi dispiace per il ballo in maschera. Avrei dovuto dirti la verità. Sono stato uno stronzo per non voler portare lei. Ecco perché non sto affrettando le cose con la fratellanza. Non voglio essere quel tipo di ragazzo."

Annuisco.

Il momento passa. Faccio un passo indietro. La forza magnetica che ci avvicina, in un bacio, svanisce.

"Okay, ci vediamo a casa," dico e mi giro per andare alla biglietteria.

Hudson mi prende per mano. Mi avvicina a lui.

I suoi occhi cercano i miei.

Mi allontana i capelli dal viso e mi bacia.

Hudson preme le sue labbra sulle mie. All'inizio dolcemente. Come se chiedesse il permesso. Mi ci vuole un attimo per capire cosa sta succedendo. Quando lo faccio, lo bacio anche io.

Il fuoco tra noi diventa più forte.

Fa scorrere la lingua sulla mia.

Affondo le mani tra i suoi capelli.

Mi avvolge le braccia intorno alla vita. Cerca il punto in cui finisce la mia maglia e poi mi afferra la schiena con la mano. Il tocco della sua pelle sulla mia è esaltante. I brividi corrono lungo tutto il mio corpo. Mi sento come se fossi senza fiato. Lo bacio più forte e lui soffia aria nei miei polmoni.

"Per favore, non prendere il treno," sussurra. "Vieni a casa con me."

Ci baciamo per qualche altro momento. Non è imbarazzante come la maggior parte dei primi baci. Hudson sa come baciarmi. Sa che adoro sentire il respiro sul mio collo. Sa che adoro quando mi mordicchia i lobi delle orecchie. Sa che adoro quando mi mette le mani tra i capelli e li tira leggermente. Sa molte più cose di queste. Molte più di quello che possiamo fare in una stazione ferroviaria pubblica, anche se è deserta.

Ci teniamo per mano e ci baciamo fino alla macchina. Non ricordo di aver accettato di non prendere il treno, ma non importa. Mi apre la portiera e continua a baciarmi mentre salgo sul sedile. Lo guardo correre intorno alla macchina e saltare sul lato del guidatore.

"Avevo dimenticato il tuo sapore," dice, inalando l'aria.

Rido. Non mi parla in questo modo da molto tempo. Lo guardo. È come se fosse sotto l'effetto di un incantesimo.

"Probabilmente è solo il mio shampoo." Alzo le spalle e mi tocco istintivamente i capelli.

Hudson mi guarda dall'alto in basso, come se stesse eseguendo una sorta di analisi complicata nella sua testa. Poi mi afferra la testa e la tira verso il suo naso. Delicatamente.

"Ehi!" Mi allontano, ma non prima che riesca ad annusarmi.

"I tuoi capelli hanno un buon profumo. Lampone, vero?

Annuisco.

"Ma no, non è quello." Hudson scuote la testa. "C'è questo potente odore di vaniglia e qualcos'altro," aggiunge.

Alla fine, mi arrendo. Sorrido e ammetto che è il mio profumo. Noir Tease di Victoria Secret.

"Noir Tease? Veramente? Alice Summer, oh mio Dio!" Scherza.

Indico la fonte del profumo. I miei polsi. Prende le mie mani con le sue e se le porta alla bocca. Con attenzione, bacia un polso e poi l'altro.

"Quando hai iniziato a indossare il profumo?" Mi chiede.

"Circa un mese fa." Alzo le spalle. "Mi piaceva molto. Inoltre, viene venduto con questo piccolo spruzzino. Odio ammetterlo, ma mi sento come una vera donna che usa quelle vecchie boccette per mettere il profumo."

"Lo adoro," dice.

Mi bacia di nuovo sulla bocca, aprendo le labbra con la lingua. All'inizio, il bacio è dolce. Casto. Bello. Inizia rapidamente a trasformarsi in qualcos'altro. Un incendio inizia a svilupparsi da qualche parte nel profondo di me. Voglio strappargli i vestiti e premere il suo corpo contro il mio. Il respiro di Hudson accelera. Quando la mia mano sfiora la sua gamba, posso dire che si sta davvero eccitando.

Le sue mani corrono giù per la mia maglia e poi vanno sotto. Carne su carne. I miei respiri accelerano, insieme al battito del mio cuore. Con un rapido movimento, mi slaccia il reggiseno e il mio seno viene liberato. La sua mano mi sfiora l'ombelico e poi si alza. Sempre più in alto.

"Aspetta," sussurro. Non si ferma immediatamente.

"Aspetta, aspetta," dico più forte e mi allontano.

"Cosa c'è che non va?" Chiede con un'espressione profondamente delusa sul suo viso.

"Niente." Scuoto la testa. "Proprio nulla. Solo che non voglio farlo qui. Non siamo più al liceo. Abbiamo il nostro appartamento."

Aspetto che si arrabbi, ma fa spallucce. Annuisce.

"Sei sicura? Che ne dici dei vecchi tempi?" Chiede.

Scuoto la testa, cercando di rimettere insieme la cinghia del mio reggiseno.

Al liceo, lo facevamo sempre in auto. La sua auto. La mia auto. Le auto dei nostri amici. C'erano molti posti discreti in cui gli adolescenti potevano fare sesso a tarda notte, in auto. Il parcheggio della nostra scuola superiore. Parcheggi di altre scuole superiori. Parcheggi delle scuole elementari e medie. Il parcheggio della biblioteca. Parcheggi degli edifici con uffici inutilizzati.

Abbiamo trascorso molte ore in parcheggi vuoti. A volte con degli amici. Bevendo se uno di noi era stato in grado di procurarsi un po' di birra o vino. A volte con i nostri ragazzi o ragazze.

"Ehi, ricordi quel parcheggio della biblioteca vicino a casa mia?" Chiede Hudson.

"Quale volta?" Chiedo.

Abbiamo trascorso molte lunghe serate, lì. A differenza degli uffici e dei parcheggi della scuola, la biblioteca non era quasi mai pattugliata. Era il mio piccolo segreto con Hudson. Non abbiamo osato condividerlo con nessuno dei nostri amici per paura che il passaparola avrebbe raggiunto tutti e il nostro spot privato sarebbe diventato di dominio pubblico.

"Ricordi cosa è successo a Rachel Prince?" Chiede.

"Come potrei dimenticarlo?" Rido. "Ogni volta che penso di fare sesso in auto, penso a lei."

"Veramente?" Fa una smorfia disgustata. "E quanto spesso pensi di fare sesso in auto?"

"Okay, è venuta fuori male." Sorrido. "Sai cosa intendo."

Rachel Prince era nella nostra classe ed eravamo tutti amici intimi, in terza media. Un poliziotto ha sorpreso lei e il suo ragazzo a fare sesso in un parcheggio vuoto. Invece di lasciarli andare con un avvertimento o fare loro una segnalazione, li ha fatti uscire dall'auto e fatti stare in piedi accanto a essa completamente nudi, mentre guardava le loro carte d'identità. Quando fuori c'erano meno sei gradi!

"Almeno indossavano ancora le scarpe," scherza Hudson.

L'incidente di Rachel ha fatto il giro per la scuola sotto forma di una storia spaventosa destinata solo agli adolescenti. Sembrava che quasi tutti avessero smesso di scherzare per un paio di settimane. Credo che sia stato un periodo abbastanza lungo perché lo shock si esaurisse e gli ormoni entrassero in azione.

"Non riesco a credere che li abbia effettivamente portati alla stazione e li abbia fatti aspettare lì perché i loro genitori venissero a prenderli. Che stronzo." Hudson scuote la testa.

"Almeno hanno potuto rimettersi i vestiti," dico.

"Non ci ho pensato molto al momento, ma penso che quello che ha fatto quel poliziotto fosse probabilmente illegale. Voglio dire, non può semplicemente fare in modo che una ragazza di sedici anni resti nuda e lui possa guardarla senza infrangere una sorta di legge. Giusto?"

Non ne ho idea. Suona senz'altro come se dovesse essere illegale.

"Non pensi che siamo stati fortunati?" Chiedo. "Che niente del genere ci sia mai successo?"

Lui annuisce. "Davvero fortunati. Non abbiamo nemmeno ricevuto avvertimenti!"

"Dio mio." Hudson distoglie gli occhi dalla strada e si gira verso di me.

"Cosa stai facendo?"

"Oh mio Dio, voglio averti adesso, Alice. È passato troppo tempo."

"Guarda la strada!" Dico, voltandomi di nuovo.

"Sei sicura che non possiamo fermarci da qualche parte? Sarà divertente," supplica.

Lo voglio anche io. Voglio baciarlo di nuovo. Voglio seppellire le mani tra i suoi capelli. Baciare il suo ombelico e altro, ma rimango ferma.

"No." Scuoto la testa. "Fa freddo. Abbiamo due fantastici letti tra cui scegliere. Voglio farmi una doccia. Lavare via Simon e tutta questa notte."

Poi ci ripenso. Non è così. La notte è davvero finita molto meglio di quanto mi aspettassi.

"Beh, non tutta la notte," aggiungo.

"Bene." Lui scrolla le spalle. "Hai ragione. Sarà più speciale a casa."

CAPITOLO QUARANTAQUATTRO

SIAMO ANCORA A PIÙ di un'ora e mezza di distanza da casa. Cerco di placare l'agitazione che sento nel mio stomaco con qualcosa di divertente a cui pensare. Gli chiedo della sua famiglia. Non ne ho sentito parlare da molto tempo. Quando iniziamo a parlare e ridere, scopro che ci sono così tante cose di cui non avevamo mai discusso. Improvvisamente, parliamo di tutto.

Ad esempio, Hudson pensa che suo fratello minore, Cayden, sia gay. Gay e non lo sappia.

"Come può non saperlo?" Chiedo. "Ha quindici anni! Forse non è gay."

"Beh, in quel caso, lo sta solo evitando o qualcosa del genere. Sono abbastanza sicuro che lo sia."

"Forse ha solo paura di ammetterlo?" Chiedo.

"Perché dovrebbe? Sa che ai miei genitori non importa. Probabilmente saranno felici," dice.

"Ci vuole un po' di tempo per sentirsi a proprio agio nella propria pelle," dico. "Devi essere paziente. Voglio dire, non riesco ancora a dire alla maggior parte delle persone di essere una scrittrice."

Non parliamo solo di cose serie. Parliamo anche di cose divertenti e sentite. Come lo scorso Natale.

"Ti ricordi quando mi hai inseguita in giro per il mio bastoncino di zucchero candito?" Chiedo.

"No!" dice imperativamente. "Non era tuo. L'hai avuto in regalo, sì, ma odi i bastoncini di zucchero. E comunque, chi diavolo odia i bastoncini di zucchero? Sono menta e zucchero. So per certo che adori il tè alla menta."

"Non è affatto la stessa cosa." Scuoto la testa, sorridendo. "L'importante è che quello era il mio bastoncino di zucchero candito e tu aspettavi solo che te lo cedessi."

"Perché non lo avresti mangiato."

"Non lo sapevi."

"Oh, sì invece." Annuisce furiosamente. "Ho scoperto quella scorta di bastoncini di zucchero nel tuo armadio dell'anno precedente. Non ne hai mangiato nemmeno uno. Li hai tenuti tutti lontani da persone a cui piacciono davvero. Ragazza avida!"

Scoppiamo a ridere. Rido così forte, che i miei occhi quasi non si aprono. Quando riprende fiato, Hudson si gira verso di me.

"Mi sei mancata, Alice," dice mentre ci avviciniamo al nostro dormitorio. Sta pensando di restituire l'auto a noleggio domani. Dopo aver parcheggiato, ci dirigiamo direttamente verso il nostro appartamento.

"Anche tu mi sei mancato," dico in ascensore.

Un'ondata di emozioni inizia ad inondare il mio corpo più saliamo in alto. Se non faccio qualcosa, le lacrime mi sgorgheranno dagli occhi e non

riuscirò a fermarle. Mi appoggio a Hudson e lo
bacio.

Nel mezzo di quel bacio appassionato ed
esplosivo, mentre mi tira i vestiti e mi scompiglia i
capelli, improvvisamente mi rendo conto che non
ho bisogno di scuse da parte sua per la nostra
rottura. Non voglio pensare per un secondo a
cosa significhi tutto questo. Non voglio nemmeno
sapere se lo rivoglio indietro. Voglio solo stare
con lui.

Ci baciamo furiosamente fino a quando
l'ascensore emette un segnale acustico e le porte
si aprono. Ci inciampiamo, quasi dimenticando le
nostre borse dentro. All'ultimo minuto, Hudson
mette la mano tra le porte per impedirne la
chiusura. A malincuore, l'ascensore si apre.

Quando arriviamo al nostro dormitorio, vado
dritta in bagno.

"Okay, vado a farmi una doccia e ci incontriamo
nella tua stanza?" Dico.

"A meno che tu non voglia che mi unisca a te?"
Lui fa l'occhiolino.

Alzo gli occhi al cielo e scuoto la testa.

QUANDO ESCO DALLA DOCCIA, riapplico un po'
di trucco. Mi lavo i capelli, li capovolgo per dargli
un po' di volume e li lascio umidi. Mi guardo allo
specchio. Sta succedendo davvero?

"Respira e basta," mi dico. Improvvisamente,
vorrei avere uno di quei tatuaggi sul mio polso
che dice "respira". Mi sono presa gioco di quei
disegni in molte occasioni. Voglio dire, quando si
può davvero riuscire a dimenticare di respirare?
A questo punto, me ne servirebbe uno. Un
promemoria visivo per rilassarsi. Fare una pausa.
Inspirare ed espirare.

Il mio cuore batte così forte, sembra che mi stia
per saltare fuori dal petto. Busso alla sua porta.
Nessuno risponde. Busso più forte. Quando non
risponde, la apro.

Hudson è seduto sul suo letto con il suo laptop. A
malapena alza lo sguardo. Ha un'espressione
scoraggiata sul viso. Quando mi guarda, non

guarda tanto me. Piuttosto, da qualche parte in lontananza.

"Cosa c'è che non va?" Chiedo.

Scuote la testa, ma debolmente. Sembra un cenno del capo, ma diverso. Aspetto che parli. Passa un minuto. Sembra un secolo.

"Io... io... ho perso i soldi," dice alla fine. La sua voce trema.

"Quali soldi?"

"I soldi che ho investito con il tizio di Dylan," dice lentamente. Fa fatica con ogni parola, come se dovesse spostare una macchina spenta da solo da un lato della strada all'altro.

"Oh mio Dio, mi dispiace così tanto." Lo strigo tra le braccia. Non mi allontana. Continua a stare seduto lì. Perso in un mondo che non riesco a raggiungere.

"Ho perso quindicimila dollari," sussurra, nascondendo la testa tra le mani. "Come ho potuto essere così stupido?"

"Sono veramente dispiaciuta." Lo abbraccio.

Non so cosa fare per farlo stare meglio. Vorrei che ci fosse qualcosa, ma mi sento completamente impotente. *Basta che tu sia qui per lui*, mi dico. *Siediti qui e ascolta.*

"Stava andando così bene. Il mio investimento da cinquemila è salito a diecimila dollari. Lo avrei prelevato, ma poi non l'ho fatto. Ho rimesso tutto dentro, Alice," dice.

Anche se all'inizio le parole non gli uscivano nemmeno dalla bocca, ora stanno praticamente esplodendo fuori da lui. "Perché l'ho fatto?" Chiede. "Che sciocco che sono."

"No, non lo sei,", sussurro.

"Ho guadagnato altri cinquemila dollari e poi... poi tutto è scomparso."

"Come?" Chiedo.

Fa un respiro profondo, lo fa uscire e poi dice: "Lo stock è precipitato dopo che il CFO della compagnia farmaceutica è stato arrestato per insider trading."

Restiamo seduti in silenzio per molto tempo. Non so cosa dire e Hudson non ha nient'altro da aggiungere. Alla fine, e con grande sforzo, spengo la luce e prendo il laptop dalle sue ginocchia. Gli rimbocco le coperte e gli do un bacio sulla guancia.

"Dove stai andando?" Sussurra.

"Pensavo di darti un po' di tempo per riposare," dico.

"Puoi restare? Per favore?"

Salgo nel letto con lui. Hudson mi avvolge con le braccia. Si preme contro di me. I minuti passano. Qualche tempo dopo, mi giro per guardarlo. Pensavo che stesse dormendo, ma è completamente sveglio. Fissando ancora in lontananza.

"Dovresti dormire un po'," dico. "Le cose andranno meglio al mattino."

Hudson mi guarda. Toglie la mano dalle coperte e mi sfiora con l'indice lungo il labbro inferiore. Il suo dito è morbido come la seta. Lentamente, si avvicina a me. Sento il suo respiro sulla mia bocca. Le nostre labbra si toccano.

Le sue labbra sono effervescenti. Divide le mie
con la lingua. È familiare e strano allo stesso
tempo. Mentre ci baciamo, i nostri corpi si
trasformano in una cosa sola. Non so più dove io
inizi o lui finisca.

All'improvviso, i suoi baci diventano più forti.
Preme tutto il suo corpo nel mio. È duro e forte.
Si arrampica su di me e mi bacia più a fondo.
Così tanto che rasenta il dolore. Cerco di tenere
il passo. Lo spingo indietro. Si alza un po' sopra di
me. Sono sorpresa della mia forza.

Continuiamo così tutta la notte. Non andiamo
oltre. Non ci strappiamo i vestiti. Semplicemente,
ci baciamo. Come adolescenti. Perché,
principalmente, lo siamo ancora. Non voglio
mentire. Non è come se il pensiero di togliersi i
vestiti non mi colpisse, ma non sono abbastanza.
Neanche lui lo fa. In questo momento, questo è
abbastanza. Questo è più che sufficiente.
Qualche tempo dopo, dopo che siamo entrambi
sfiniti, ci addormentiamo l'uno tra le braccia
dell'altro.

CAPITOLO QUARANTACINQUE

Sono le 3:37 del mattino quando esco di soppiatto dal letto per prendere qualcosa da bere. Mentre mi verso una tazza di latte, Dylan entra e accende le luci. Mi fa sussultare. Li proteggo meglio che posso, ma le luci intense mi fanno comunque male agli occhi.

"Ehi, mi dispiace così tanto. Non sapevo che fossi qui," dice.

Dylan è vestito con un abito. Quello che indossa esclusivamente ai club.

"Merda, Alice, non sto passando una buona giornata," dice Dylan.

"Neanche Hudson," dico.

Lui distoglie lo sguardo. Si versa una tazza d'acqua. "Oh, ha sentito? Glielo avrei detto domani mattina."

"Ha perso quindicimila dollari, Dylan," dico, incrociando le braccia.

"Oh, merda, non sapevo che fosse così tanto. Pensavo avesse investito solo cinquemila."

"No, ha investito tutti i suoi risparmi."

"Ah, beh, è quello che succede, a volte." Dylan scrolla le spalle.

"È tutto quello che hai intenzione di dire?" Chiedo. "Questi sono tutti i suoi risparmi. Ha perso tutto."

Sono così arrabbiata, vorrei dargli un pugno.

"Ehi, se può essere una consolazione, ho perso ventimila dollari. Quasi." Lui scrolla le spalle.

"Sì, ma lui non ha un papà ricco che lo può salvare," dico. "Puoi ancora permetterti di andare a fare festa tutta la notte. Lui non può."

Dylan scrolla le spalle. Non sembra che gli importi molto.

"Come hai potuto lasciare che ciò accadesse?" Insisto ancora.

Devo farlo capire. So che non dovrei farlo alle tre del mattino, dopo che non ho dormito molto e lui è stato fuori tutta la notte, ma non riesco a fermarmi.

"Ehi, ascolta, è stato un investimento. Sapeva in cosa stesse entrando."

"Ma era il tuo contatto!"

"E allora? Quel tizio gli ha fatto fare diecimila dollari! Saresti qui a urlarmi addosso se si fosse ritirato?"

"No, ma non l'ha fatto, vero? Ha perso tutti i suoi soldi!"

"Non voglio sentire questa merda, Alice," dice Dylan. "Ho perso anche io molti soldi. Hudson è un ragazzo cresciuto."

"Ha ragione," dice Hudson, uscendo dalla sua stanza. "Ha ragione, Alice. Conoscevo i rischi."

"Ma non pensi che Dylan avrebbe dovuto avvertirti..."

"No," mi interrompe Hudson. "Va bene, davvero. Non è colpa di Dylan."

"Fa schifo," dico. "Hai perso così tanti soldi. Vorrei solo poterti aiutare."

"Lo so, ma non puoi. Nessuno può. Va bene," dice.

"No, non è così." Scuoto la testa e apro la porta della mia stanza.

Lascio soli Hudson e Dylan. Se non è arrabbiato con lui, perché dovrei esserlo io? Mi strofino gli occhi. Juliet si gira nel letto. È avvolta nella sua trapunta e riesco a malapena a vedere la sua faccia. Solo i suoi occhi.

"Mi dispiace svegliarti," sussurro e chiudo la porta dietro di me per bloccare la luce dalla cucina.

"Va tutto bene," dice. La sua voce è roca e irregolare. "Dylan e io ci siamo lasciati."

"Oh, mi dispiace così tanto," dico, mettendomi il mio pigiama.

"Va tutto bene," sospira. "È tornato con Peyton. Ancora. È ossessionato da Peyton."

Anche se non riesco a vedere molto bene, posso dire che i suoi occhi sono gonfi. Sta piangendo.

"Ehi, non dovevi essere fuori per il fine settimana?" Mi chiede.

La aggiorno nei dettagli. Simon. Hudson. Hudson e io che ci baciamo. Hudson che ha perso i suoi soldi. Caspita, è stata una giornata incredibilmente lunga. Il solo ripercorrerla in poche frasi mi stanca.

Lei ascolta in silenzio, accettando tutto così com'è. Non commenta. Ne sono grata. Non riuscirei a gestire una singola osservazione in questo momento senza esserne troppo sopraffatta.

"Allora, come stai?" Chiedo. Lei non risponde subito.

"Eh, bene. Si vive e si impara, immagino," dice.

Mi sono sempre chiesta cosa significasse quell'espressione. È come se fosse un modo per cancellare una parte enorme della vita e non affrontarla. Sembra illuminante e mondana, ma a me sembra una scusa. Come un'affermazione che qualcuno fa quando non vuole affatto prendere una decisione.

"Allora, cosa hai imparato?" Chiedo.

Sta solo cercando di farcela. Non avrei dovuto metterla in quel modo. Lo so e mi odio per averlo fatto.

"Che cosa ho imparato?" Juliet chiede come se stesse cercando di guadagnare tempo. "Che non dovrei uscire con gli stronzi."

Ridiamo entrambe.

"Sarà un'impresa dura, in questa città," scherzo.

Non vedo Hudson fino a quel pomeriggio. Al mattino, lui va a correre e poi io esco per il brunch con Juliet. È ancora sconvolta da Dylan, ma cerca di indossare una maschera di coraggio il più grande possibile. Quel pomeriggio, esce con uno dei suoi amici di recitazione ad uno spettacolo di matinée di *A Streetcar Named*

Desire. Anche io sono invitata, ma scelgo di rimanere a casa. La pioviggine che è iniziata quella mattina si è trasformata in un vero e proprio temporale e io faccio fatica a sfidare le strade di New York con questo tipo di tempo.

La cosa buona di non essere stata in quella casetta per il fine settimana, una delle tante, è che ora ho il tempo di sistemare il mio compito per lunedì. Avevo fretta di finirlo prima del viaggio e ora, per la prima volta in questo semestre, ho effettivamente finito due giorni prima della scadenza. La sensazione è abbastanza esaltante, devo ammetterlo. C'è questa forte sensazione di terrore che si dissolve. Non ho una nuvola scura attorno alla testa attorno a un compito che dovrei scrivere ma che non sto facendo. È così bello, in realtà, che decido di provare a finire presto anche altri. Potrebbe essere un sogno irrealizzabile, ma è bello avere sogni, giusto?

Bussano alla mia porta proprio mentre finisco di leggere l'ultima frase del mio compito.

"Entra," dico. Faccio clic su Salva e chiudo il mio laptop.

Quando mi giro sulla sedia, vedo Hudson in

piedi goffamente sulla soglia, non sicuro di poter entrare.

"Oh, ehi, come stai?" Chiedo.

"Okay, immagino." Inclina la testa. "Sono andato a correre stamattina. Per schiarirmi le idee."

"E?" Chiedo speranzosa.

"Ho ancora difficoltà a superare il fatto di aver perso quindici mila dollari, ma immagino di sentirmi meglio della scorsa notte."

Annuisco e gli chiedo di entrare. Entrambi ci sediamo sul letto insieme.

"Il lato positivo," dico. "È che almeno, avevi quindici mila dollari da perdere. Voglio dire, è qualcosa, no?"

È il mio fallito tentativo di scherzare. Mi si ritorce contro. Lui ne sembra schiacciato. Mi sento una grande idiota anche solo per aver detto qualcosa del genere. Qualcosa di così insensibile.

"Mi dispiace," dico. Troppo poco e troppo tardi.

"No, è vero, immagino. Solo un po' troppo presto, penso."

Annuisco, grata che non lo abbia preso sul personale.

"In realtà, volevo venire qui e parlarti principalmente di Dylan," dice.

"Dylan?"

"Non voglio che tu ne parli più con lui. Non avresti dovuto fargli una lezioncina."

"Stavo solo cercando di aiutarti," dico sulla difensiva.

"Lo so, ma non ne ho bisogno." Lui scuote la testa. "Non è colpa di Dylan. Non credo che mi abbia truffato. Ha perso anche lui molti soldi."

"Lo so, ma-" Comincio a dire.

"Niente ma, Alice," mi interrompe.

Sento questo bisogno ardente di far capire a Hudson che avevo buone intenzioni. Non so perché. Non penso per un solo secondo che possa già saperlo.

"È stato un investimento. Questo è ciò che accade con cattivi investimenti," aggiunge. La sua voce è forte, certa. Lo guardo. Ci sono fiamme di rabbia nei suoi occhi.

"Cosa c'è che non va? Perché sei arrabbiato?" Chiedo.

"Perché? Perché ti intrometti nei miei affari. Sai quanto è imbarazzante?"

"Stavo solo cercando di aiutare."

"Alice, non ho bisogno che tu..." urla. Quindi si interrompe brevemente alla fine della frase. Non la finisce. È come se avesse paura di finirla.

"Non hai bisogno di me," dico. "Capisco."

Mi alzo dal letto. Non voglio vedere la sua faccia. Ieri è stato come un sogno. Non necessariamente un brutto sogno, solo un sogno. Non sembra reale. Cammino verso la finestra e guardo la pioggia battente di fuori. Tutta la città sta piangendo.

"Non è quello che volevo dire," dice Hudson.

Aspetto che mi abbracci, ma non lo fa. Cammina semplicemente verso la porta e se ne va.

CAPITOLO QUARANTASEI

Non so se sia per mancanza di sonno e stanchezza generale, ma all'improvviso scoppio a singhiozzare. Questa è la prima volta che piango così dalla nostra vera rottura. Mi sento come se avessi tenuto tutto per così tanto tempo e ora finalmente sta uscendo.

"No, non posso più farlo," sussurro tra me tra le lacrime.

Passa un'ora. Le mie lacrime si asciugano. Apro un libro di testo per cercare di studiare prima degli esami della prossima settimana. Un colpo alla porta spezza la mia concentrazione.

"Posso entrare?" Chiede Hudson.

"No." Scuoto la testa. "Sono occupata."

Si siede comunque accanto a me. Mi prende la mano. Provo a respingerlo, ma non me lo permette. Lo guardo negli occhi. Ci sono un pizzico di speranza e un sacco di rimpianti nel suo sguardo.

Hudson si protende verso di me e mi porta via i miei libri. Lascia cadere tutto sul pavimento. Lo lascio fare.

Si avvicina a me. Preme le sue morbide labbra sulle mie. Mi dona il respiro. Mentre ci baciamo, le sue mani iniziano a scivolare giù per il mio corpo. Alla fine, trovano la fine del mio maglione. Si infila sotto. Con un rapido movimento, mi ritrovo sulla schiena con lui disteso a metà strada su di me. È così bello. Non riuscirei a fermarlo nemmeno se lo volessi. Traccia le curve dei miei fianchi e tira i cordini dei miei pantaloni del pigiama. Mi abbassa un po' i pantaloni, fino a quando le mie anche sono esposte. Poi si allontana dalla mia bocca e mi bacia i fianchi. Uno. Poi l'altro. Le sue dita solleticano il mio ombelico. Sospiro, chiudo gli occhi e permetto che tutto accada. Hudson è sempre stato un esperto con le sue mani e le sue labbra.

Il mio corpo si alza e si abbassa ad ogni bacio. Lentamente, mi tolgo la maglietta e gli tolgo la sua. Si slaccia i pantaloni. Lascio cadere il reggiseno sul pavimento. Lui si sfila i pantaloni. Mi aiuta a uscire dai miei.

"Mi è mancato tutto questo, Alice," mi dice all'orecchio.

Adoro il modo in cui dice il mio nome. Anche questo mi è mancato. Sdraiata nuda accanto a lui con i nostri corpi intrecciati, mi sento a casa. Come se non fossi mai appartenuta a nessun altro. Il suo respiro corrisponde al mio. Il nostro cuore batte allo stesso ritmo.

Si arrampica su di me, avvolgendomi con tutto il suo corpo. Sono come in un bozzolo. Sono al sicuro. Lo afferro sulle spalle per fare leva. I suoi muscoli sono duri e forti, ma la pelle è morbida come la seta. Ci muoviamo all'unisono. Gemiamo all'unisono. Quando viene, lo guardo negli occhi e vedo le stelle.

"BEH, È STATO BELLO," dice Hudson, avvolgendomi le braccia attorno alle spalle e rannicchiandosi accanto a me. "Grazie."

"No, grazie a te," sussurro.

Quando eravamo insieme, abbiamo iniziato una strana tradizione di ringraziarci dopo il sesso, se entrambi fossimo rimasti soddisfatti. Me ne ero completamente dimenticata, finché non ha detto quelle parole. Mi fanno sorridere. Rimaniamo a letto per un po' mentre l'oscurità inizia a calare. Non sono nemmeno le cinque del pomeriggio, ma il crepuscolo arriva rapidamente, soprattutto nei giorni nuvolosi e di pioggia. So che Juliet tornerà presto, quindi inizio a vestirmi.

"Mi sei mancata, Alice," dice Hudson, sollevandosi la testa con la mano.

"Anche tu mi sei mancato," dico, lanciandogli mutande e jeans. "Juliet sarà presto a casa."

Quando siamo entrambi vestiti, rifaccio il letto.

"Ti rivoglio indietro, Alice." dice Hudson.

Volevo sentire quelle parole da molto tempo. Da tutta l'estate. Ora che le sto ascoltando, non mi sento come pensavo. Fare l'amore è stato meraviglioso, ma non lo rivoglio indietro. Abbiamo condiviso un bel momento, ma forse è tutto ciò che dovrebbe succedere.

"No, non posso Hudson." Mi giro verso di lui.

Non è quello che si aspettava di sentire. Vedo il fuoco e la speranza sparire nei suoi occhi. La delusione insorge nel suo sguardo.

"Cosa intendi?" Mi chiede.

"Hudson, è stato bello. Veramente bello."

"Bello? Sei pazza? È stato fantastico."

"Okay, sì, lo è stato." Gli rispondo. "Ma non penso che sia giusto per noi tornare insieme. Non adesso."

"Non adesso?" Chiede. Vedo che gli ho dato speranza. Non è quello che intendevo fare.

"Mai," dico definitivamente.

"Perché?" Chiede Hudson. Mi mette le braccia attorno, ma lo spingo via.

Non so perché. Non sembra giusto. Cerco di capire il motivo.

"Ora sei in una situazione difficile, Hudson. Capisco. Sarò lì per te come amica. Un'amica molto vicina. Ma vuoi solo stare insieme perché sei solo o in ansia per il futuro. Non devi esserlo, sono qui per te, ma non posso essere di nuovo la tua ragazza solo perché stai attraversando un momento difficile."

Deluso, si allontana, ma si ferma alla porta.

"Non voglio stare con te a causa dei soldi. Non c'entra niente. Mi hai chiesto perché sia venuto fino alla casetta a nord. Era perché ero preoccupato per te con Simon, ma non era tutto. Non sono venuto perché Tea e io ci siamo lasciati. Sono venuto perché mi mancavi e ti rivoglio. Ho fatto un errore, Alice."

Annuisco. Prendo un respiro. Non vado verso di lui.

"Alice, sono stato un vero idiota. Non avrei mai dovuto lasciarti. Non c'era niente di sbagliato in noi. L'ho fatto solo perché non pensavo che avremmo dovuto essere così seri, al college.

Pensavo che fossimo troppo felici. Come se non potesse durare, perché eravamo troppo felici. Ero così stupido, Alice. Infantile. Volevo uscire con altre persone. Quando è arrivato il momento di farlo, non ci sono riuscito. Non proprio."

"Grazie," dico dopo un po'. "Ora capisco."

Sono grata per la sua spiegazione. Non lo sapevo, ma ho aspettato la verità sul perché ci siamo lasciati per molto tempo. Ora ce l'ho. Il cerchio si chiude.

Sta aspettando che io vada da lui. Che lo perdoni e gli dica che lo amo e che tutto andrà bene. Le sue braccia sono distese ai suoi fianchi. Mi ha mostrato tutte le sue carte. So che sta dicendo la verità, ma qualcosa mi trattiene.

"Ti amo, Alice," dice. È il suo ultimo tentativo.

"Ti amo anch'io," dico piano. "Mi dispiace. Ma proprio non posso."

Le lacrime mi appannano gli occhi. Una si libera e mi rotola sulla guancia. Mi fa male la gola per il dolore.

CAPITOLO QUARANTASETTE

È LA SETTIMANA DEGLI ESAMI. Come ha fatto a passare tutto questo tempo? Halloween e il Ringraziamento sono stati un po' confusi. Sono andata a casa per il Ringraziamento, ma non ricordo quasi nulla. Per fortuna, i miei esami sono dilazionati e non sono ammassati come quelli di Dylan e Hudson. Non ho nessun doppio esame in un giorno e ho almeno un giorno per studiare per il successivo. Potrebbe essere peggio, ovviamente, ma potrebbe anche andare meglio. Guardo Juliet. Si sta esercitando nel respiro per la sua lezione di respirazione. Vorrei avere un test di respirazione invece di tre compiti finali.

Non parlo con Hudson da un paio di giorni, tranne che per un breve "Ciao, come stai?" Più passa il tempo, più sento che la mia decisione è stata quella giusta. Non posso nemmeno esprimere quanto sia stato bello stare di nuovo con lui, ma la vita non è solo quello che succede a letto. È più di questo e, nonostante ciò che dice, non sono del tutto sicura che questo non sia un tipo di momento difficile per lui. Forse ha preso la rottura con Tea peggio di quanto avessi pensato. Forse è arrabbiato per aver perso tutti quei soldi. In ogni caso, non è nel giusto stato d'animo per prendere una decisione così grande come questa. Sono sicura che sia solo confuso. Sono abbastanza sicura. Ma quella voce nella mia testa si agita. Non voglio ascoltarla, ma è lì. E se avesse ragione? E se volesse solo stare con me e tutte quelle altre cose accadessero semplicemente nello stesso momento?

Quello di Letteratura Americana è il mio primo esame dell'anno. Molte persone finiscono presto, ma io scrivo praticamente ogni pensiero che ho nel piccolo quaderno blu. Scrivo fino a quando mi vengono i crampi alle mani, passano e poi arrivano di nuovo. Scrivo due quaderni, ma alla fine riesco a mettere su carta ogni mia possibile conoscenza riguardo a *L'Uomo Invisibile, Il Buio oltre la Siepe* e *Il Giovane Holden*. Io e Tea siamo le ultime persone a finire. La seguo fuori dall'aula. Sembra stanca e sfinita. È il primo giorno degli esami. Non mi sono guardata allo specchio, ma so che lei appare molto meglio di me. Indossa almeno dei jeans e un maglione adeguato. Mentre io sono vestita con la stessa tuta con cui ho dormito.

"Come pensi che sia andato?" Chiedo.

"Ho dato il meglio." Mi fa un debole sorriso.

"Sì, mi sento allo stesso modo," sono d'accordo con lei.

"Ehi, ascolta, ho sentito parlare di te e Hudson. Stai bene?" Chiedo.

"Sto bene." Lei annuisce. "Non era presente. Non credo che siamo mai stati giusti l'uno per l'altro."

"Sei sicura?" Chiedo. Sto cercando di scoprire cosa è successo. Come se ulteriori dettagli mi offrissero una migliore comprensione della mia decisione.

"Sì." Lei scrolla le spalle. "Non ha mai voluto davvero stare con me. Ha detto che non era pronto per una relazione. Avrei dovuto ascoltarlo. Stava dicendo la verità. Non riuscivo a vederla."

"Mi dispiace," dico. È l'unica cosa che posso dire.

"Va bene. Non doveva essere. Sai cos'è divertente? Dopo che è finita, dopo che ho rotto con lui, ho pensato che mi sarei sentito male, ma non è successo. Mi sono sentito sollevata. Quindi, suppongo che sia stata la decisione giusta."

"Sì, sembra di sì."

Ci salutiamo. Ci abbracciamo calorosamente.

"Buon Natale," dice.

"Anche a te," dico. "E non dimenticare di farmi leggere il tuo libro quando hai finito. So che sarà fantastico."

"Sarai la prima". Tea sorride.

QUANDO TORNO NELLA MIA STANZA, tutto ciò che voglio fare è buttarmi sul letto e ascoltare una quantità malsana di Adele. Qualcuno sul nostro piano sta ascoltando musica natalizia e, anche se odio ammetterlo, mi mette nello spirito natalizio. Ho solo altri due esami. Poi avrò finito. Primo semestre del college finito. Non vedo l'ora di essere libera.

Prendo una lattina di soda dal frigorifero prima di dirigermi nella mia stanza. Sto per entrare quando qualcosa sulla lavagnetta fuori dalla nostra porta attira la mia attenzione.

Possiamo cancellare tutto e ricominciare tutto da capo? - Hudson

Leggo attentamente le parole, per essere sicura di non star sognando.

Lo sento uscire dalla sua stanza e fermarsi proprio dietro di me.

"Hudson, che stai facendo?" Chiedo. "Pensavo che avessimo superato tutto questo."

"So che è così, ma il fatto è che non credo che tu mi creda. Penso che tu pensi che ti rivoglia a causa di Tea o della perdita di tutti quei soldi. Non è così. Ti rivoglio perché sono un idiota. Ho solo realizzato che non ho mai smesso di amarti e che non lo farò mai."

Stringo la mia borsa. Non sposta il suo peso da un piede all'altro, come fa di solito quando è nervoso o a disagio. Invece, Hudson si erge dritto, i suoi occhi fissi sui miei. In questo momento, nemmeno un terremoto potrebbe staccarlo da me.

"Anche io ti amo, Hudson."

"Quindi, cos'è? Non mi credi?"

"No, ti credo."

"Allora, perché non possiamo stare insieme?" Mi chiede.

"Perché ho paura." Faccio un respiro profondo. "Ho paura di ripetere tutto, Hudson. Superarti è stata una delle cose più difficili che abbia mai fatto. E, onestamente, non credo di poterlo fare di nuovo. Mi dispiace."

Entro nella mia stanza e chiudo la porta. Voglio stare con lui più di ogni altra cosa. Voglio che mi prenda tra le sue braccia, che mi dica che andrà tutto bene. Voglio credergli, ma ora so che questo richiede un grande salto di fede. Il tipo di salto di cui non sono sicura di essere capace. Non adesso. C'è qualcos'altro. C'è un sospetto sottilissimo nella mia mente che questo ardente desiderio di stare con me potrebbe esplodere dopo gli esami. Spero di sbagliarmi. Non riesco proprio a capire. Ad ogni modo, non ci posso più pensare. Ho ancora due esami di cui preoccuparmi.

CAPITOLO QUARANTOTTO

Due giorni insonni dopo, ho finalmente finito con il semestre. Quando torno a casa, trovo Juliet che getta tutti i suoi quaderni e documenti del semestre nella spazzatura.

"Ti stai già liberando di tutto?" Chiedo.

"AL PIÙ PRESTO. Ho finito!"

"Non so se io riuscirei a farlo," dico. Non sono mai stata una che butta via tutti i quaderni, nemmeno al liceo dove era praticamente il rituale ogni giugno.

"E se fosse necessario rivedere qualcosa, in seguito?" Chiedo.

"Perché dovrei farlo?" Chiede. "Gli esami sono finiti!"

Non ho una buona risposta. Voglio che anche la mia vita accademica finisca da questo semestre, ma scelgo di lasciare tutti i fogli nel cassetto in basso della mia scrivania.

"Usciremo tutti più tardi per ubriacarci," dice. "Ci saresti?"

"Certo," dico. "Il mio volo di ritorno non è previsto fino a stasera."

"Eccellente. Io vado a casa domani. Penso che sia quando anche Dylan se ne andrà. Non sono sicura riguardo ad Hudson."

Annuisco. "Oh, ehi, come vanno le cose tra te e Dylan?"

"In realtà vanno bene." Lei sorride. "Era solo un'avventura. Essere amici è meglio."

"Allora, è tornato insieme a Peyton?"

"Oh, non ne ho idea." Lei ride. "Pensavo che fosse così, ma poi ha detto che non lo era. Quei due sono dipendenti l'uno dall'altro. Mi ha detto che si sono lasciati e sono tornati insieme una cosa come dieci volte! Troppi drammi."

"Non avrei mai pensato di sentirlo da te." Rido.

"Oh, mi piace il dramma. In scena. Sullo schermo. Un po' nella mia vita. Ma il suo livello di drammaticità è fuori controllo. No, non fa per me."

Scoppiamo a ridere. Per quanto io e Juliet siamo diverse, so che mi mancherà durante le vacanze.

"Quindi, non me lo hai mai detto, cosa farai per il prossimo semestre?"

"Cosa intendi?"

"Non avevi intenzione di andartene? Per non vivere di nuovo con il tuo ex?" Mi chiede.

"Oh, quello. No, sto pensando di restare. Ora siamo amici," dico. "Onestamente, ho completamente dimenticato di chiedere perfino i documenti."

"Va bene. Almeno per me." Juliet sorride. "Perché mi piaci come compagna di stanza."

"Oh veramente? Beh, mi piaci anche tu come compagna di stanza."

Più tardi quel pomeriggio, mentre aspettiamo che Dylan torni dal suo ultimo esame, decido di fare i bagagli. Mentre tiro fuori le valigie dall'armadio, tutti i vestiti dallo scaffale in alto cadono su di me.

"Grande. Semplicemente fantastico," mormoro e inizio a setacciarli.

Ho bisogno di vestiti caldi, ma non così tanti. Sicuramente non servono i maglioni molto pesanti o gli scarponi da neve. A meno che, ovviamente, non vada a sciare, il che è una possibilità. Merda. Dovrò trascinare tutta questa merda a casa. Comincio a gettare tutti i miei vestiti preferiti nella borsa. Dovrei piegarli come mi ha mostrato mio padre, per massimizzare lo spazio, ma non ho proprio voglia di organizzarmi. Ciò che entrerà, entrerà e basta. Ho più vestiti a casa, vestiti che non indosso da quattro mesi. Potrebbe essere un bel cambiamento.

Mentre frugo nell'armadio, inizio a sudare. Decido di aprire la finestra per far entrare un po' d'aria fresca. Non vedo la scatola dei biglietti di ringraziamento sul davanzale della finestra e volano ovunque.

"Merda! Dio mio!" Grido, ma è troppo tardi. Sono già a metà dell'edificio. Dato che non erano biglietti di ringraziamento che avessi mai pianificato di spedire, non mi sono preoccupata delle buste. Si aprono a metà volo e rallentano. Molti prendono il loro tempo e cadono a lentamente, lasciando che il vento li porti in un'avventura.

"Cosa c'è che non va?" Sento qualcuno urlare nella mia direzione. È Hudson. È in piedi in fondo all'edificio.

"I miei biglietti!" Urlo. "Stanno andando ovunque!"

"Li prendo io!" Urla.

"Arrivo subito!" Urlo indietro, infilandomi i miei Ugg e afferrando il mio cappotto.

Con la mia grande fortuna, l'ascensore si ferma praticamente ad ogni singolo piano. Le persone hanno finito con gli esami. Stanno felicemente chiacchierando. In due occasioni, devo dire loro che ho fretta mentre tengono l'ascensore aperto salutandosi. Avrei dovuto prendere le scale, ma ormai è troppo tardi. Batto ansiosamente il piede. I miei biglietti probabilmente sono in tutta Manhattan, adesso. Dieci minuti dopo, finalmente arrivo a Broadway. Hudson è in piedi all'angolo con una grossa pila di biglietti e ne sta leggendo uno. Mi guardo intorno. Non vedo nessuno.

"Ehi, è privato!" Dico ad alta voce, così che possa sentirmi sopra al suono del traffico pomeridiano. Un'ambulanza si precipita in strada, assordandomi al punto che non riesco nemmeno a sentire i miei pensieri.

Hudson non alza lo sguardo. È come se non riuscisse a sentirmi.

"È privato," dico, camminando verso di lui. Lui alza lo sguardo.

"È indirizzato a me," dice.

Dalla copertina, posso dire che sta leggendo l'ultimo biglietto che ho scritto. Perché doveva proprio essere quello? Vorrei più di ogni altra cosa che stesse leggendo qualsiasi altro foglio.

"È comunque privato. Non volevo che tu lo leggessi. Non l'avrei mai inviato."

"Caro Hudson." Mi ignora e inizia a leggere. Provo a prendere il biglietto dalla sua mano, ma la solleva sopra la sua testa, continua a leggere ad alta voce. "Caro Hudson, ti scrivo solo per dirti grazie. Grazie per essere tornato nella mia vita come amico. Grazie per aver detto tutte quelle cose che hai detto. Ho aspettato che tu le dicessi per molto tempo. Ti amo anch'io. Ti amerò finché vivrò. Eri il ragazzo migliore che una ragazza potesse sognare. Non credo che sarò mai pronta a dirti addio, ma è quello che sto facendo ora. So che hai detto che mi vuoi indietro, ma ho paura. Paura di ripetere tutto questo. Il fatto è, Hudson, ho bisogno di un segno. Ho bisogno di un segno che tornare insieme sia la cosa giusta da fare. Fino ad allora, ti dico grazie e arrivederci. Con amore, Alice."

"Era privato," dico.

"Lo so," dice Hudson.

Mi passa la pila di fogli e se ne va. Lentamente, il resto del mondo viene messo a fuoco. Le auto suonano il clacson. Un'ambulanza sta suonando le sirene. La gente sfreccia intorno a me. Il mondo intero che non era altro che un rumore di sottofondo un minuto fa, mi inonda. Non c'è spazio per me.

Riprendo l'ascensore fino al dormitorio, completamente insensibile. Le porte si aprono e si chiudono. Le persone entrano ed escono. Ridono, si abbracciano e si salutano. Vedo accadere tutto, ma non ne capisco niente. Sembrano persone bidimensionali. Personaggi di un film. Mi chiedo se siano reali e come qualcuno lo saprebbe per certo.

CAPITOLO QUARANTANOVE

JULIET, Dylan e io usciamo per un drink con poche altre persone del nostro piano. Apparentemente, Hudson ha scritto a Dylan e ha detto che arriverà più tardi. Non voglio andarci, ma non voglio nemmeno spiegare il perché.

L'intorpidimento finalmente inizia a svanire dopo il mio secondo martini. Proprio in quel preciso momento, riappare Hudson. Lo vedo in piedi sulla soglia dell'affollato bar pieno di studenti universitari in festa. Sta cercando qualcuno. Mi giro verso Juliet, cercando di nascondermi sulla mia sedia.

"Hudson è qui!" Juliet e Dylan dicono quasi contemporaneamente. Tutti alzano i bicchieri.

"Vieni, unisciti a noi, amico," dice Dylan. "Sei indietro di circa due drink."

"Ciao a tutti." Lui sorride. "In realtà sono qui per rubare Alice per qualche minuto."

"No!" tutti rispondono scherzosamente. "Boo!"

"Alice," Si avvicina a me, toccandomi leggermente la schiena. "Posso parlare con te?"

Scuoto la testa. Ogni volta che abbiamo parlato, le cose sono andate sempre peggio. Ora, non sono sicura che la nostra fragile amicizia riuscirà a sopravvivere a un altro dei nostri discorsi.

"Per favore, devo parlarti," sussurra.

Sospiro, bevo un sorso del mio martini e mangio un'oliva.

"Stai bene?" Juliet mi dice muovendo le labbra. Alzo le spalle e seguo Hudson fuori dal bar.

"Hudson, voglio scusarmi con te," dico, avvolgendomi la sciarpa intorno al collo e allacciandomi il cappotto. L'aria ha un profumo fresco e nuovo, il freddo mi pizzica il naso. Ogni albero della strada è illuminato da luci gialle. La città sta urlando che il Natale è alle porte.

"Anche io," dice. "Prima di fare qualsiasi cosa, voglio mostrarti una cosa. Verrai con me?"

A malincuore, acconsento.

Torniamo al nostro dormitorio, saliamo sull'ascensore fino in cima. Non sono mai stata così in alto, prima. Apre un piccolo passaggio con delle scale che portano ancora più in alto.

"Dove stiamo andando?" Chiedo finalmente.

"Sul tetto."

"Non sapevo nemmeno che esistesse, questo posto. O che potessimo andarci," dico.

"Non possiamo. Non proprio, ma conosco uno dei bidelli e mi ha lasciato venire qui prima."

Usciamo sul tetto.

"Che cosa fai quassù?" Chiedo.

"Penso, soprattutto. È un bel posto per farlo. Silenzioso. Tranquillo," dice.

L'oscurità cade su tutta New York, rapidamente e senza scuse. Senza indugio. Un minuto è giorno e l'altro è notte, ed il mondo è illuminato dalle luci.

"Sembra Natale tutto il tempo qui, non è vero?" Chiede Hudson.

"Cosa intendi?"

"Le luci. Ci sono così tante luci, qui. È come se fosse sempre Natale."

Non ci avevo mai pensato prima, ma ha ragione. Ogni notte, quando si accendono le luci, la città sembra festeggiare. Rallegrarsi.

"Alice, ti ho portato qui perché voglio mostrarti qualcosa."

Prende un momento per raccogliere i suoi pensieri. Aspetto.

"Sono stanco di dirti semplicemente come mi sento. Penso di aver esaurito tutte le parole che ho. Quindi, voglio mostrartelo, invece."

Si ferma di nuovo. Mi guarda dritta negli occhi e continua.

"Da quando ho letto quel biglietto, ho ripensato a tutti i modi in cui ti ho delusa. Tutte le volte che mi sono comportato come un coglione e penso che tutto sia iniziato quel giorno, circa una settimana dopo che ci siamo lasciati. Quando stavamo cercando di essere amici per la prima volta. Avremmo dovuto vedere un film insieme, ricordi?"

Annuisco. Certo che ricordo.

"Stavano facendo una proiezione speciale di *Titanic* e io avevo promesso di portarti a vederlo. Poi non mi sono presentato."

Ho aspettato mezz'ora. Poi sono entrata e ho pianto per tutto il film.

"Va bene," dico. "Storia vecchia."

"No, non va bene. Sono stato un coglione sconsiderato e mi dispiace."

Annuisco. Hudson non si è mai veramente scusato per quello. Non in un modo che mi permettesse di credergli.

"Grazie," dico. "Lo apprezzo molto."

"Quindi, voglio fare qualcosa per compensare," dice.

Hudson mi prende per mano, mi fa girare. C'è un proiettore puntato su un grande schermo bianco e due sedie a sdraio di fronte. Coperte grandi e calde coprono le sedie e c'è un tavolino lì davanti con una bottiglia di vino, due bicchieri e un piatto di formaggio e cracker.

"Cos'è?" Mi rivolgo a Hudson.

"Sono le mie scuse. Per tutto," dice. "Per aver mai ferito i tuoi sentimenti e per averti lasciata andare."

Il mio petto si stringe. Per un secondo, mi sento come se fossi rimasta senza respiro.

"Alice, non voglio essere solo il tuo primo ragazzo", dice. "Voglio essere di nuovo il tuo ragazzo."

Mi siedo sulla sedia. Mi avvolge con la coperta, mi versa un bicchiere di vino. Hudson avvicina la sua sedia alla mia. Lo guardo. Osservo il modo in cui il suo respiro si riversa nell'aria fredda. Il film comincia. Guardiamo in silenzio per un po'.

Quando Rose esce dall'auto con il suo favoloso cappello e si dirige verso la nave, mi giro verso Hudson.

"Va bene," sussurro.

Mi sorride, scuotendo la testa. Come se non mi credesse.

Mi chino. Mi prende la mano, avvolgendo le dita attorno alle mie. Le sue dita sono calde al tatto; le mie sono fredde come il ghiaccio. Hudson avvicina le dita alle sue labbra e soffia leggermente. La sua bocca dona calore a tutto il mio corpo.

Si avvicina ancora di più. Respiriamo la stessa aria. Chiudo gli occhi e sento le sue labbra sulle mie. Una scintilla di elettricità mi attraversa.

"Ti amo," sussurra attraverso il bacio.

"Ti amo anch'io."

EPILOGO

Cara Alice,

Grazie.

Grazie per esserti aperta ad amare di nuovo. Non sai cosa succederà in futuro, ma hai fatto un salto di fede. Avevi paura, ma non hai lasciato che ciò ti impedisse di fare ciò che ritenevi giusto. Ho sempre pensato che mostrare coraggio fosse entrare in un edificio in fiamme per salvare una vita. Beh, aprendoti di nuovo all'amore, sei entrata in un edificio in fiamme e hai salvato una vita. La mia.

Con amore,

Alice

FINE

Ancora non mi fido di te

GRAZIE per aver letto NON MI FIDO DI TE! Spero vi sia piaciuta la conclusione della storia di Alice e Hudson.

Non puoi aspettare per scoprire cosa succederà dopo?

Leggi in un click ANCORA NON MI FIDO DI TE!

LEGGI in un click ANCORA NON MI FIDO DI TE!

ISCRIVITI ALLA MAILING LIST E READER CLUB DI CHARLOTTE BYRD

Iscriviti alla mailing **list di Charlotte Byrd** e ricevi notifiche su nuove uscite, omaggi e contenuti esclusivi.

Puoi anche iscriverti al gruppo Facebook, **Charlotte Byrd's Reader Club**, per partecipare a esclusivi giveaways e scoprire le anticipazioni sui miei prossimi lavori.

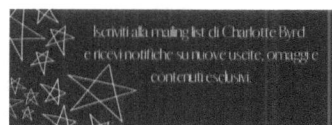

LIBRI DI CHARLOTTE BYRD

Tutti i libri sono disponibili presso TUTTI i maggiori rivenditori! Se non riesci a trovarli, manda una e-mail a charlotte@charlotte-byrd.com

Serie *La Serata Proibita*

La serata proibita

Le regole proibite

I legami proibiti

Il contratto proibito

I limiti proibiti

Trilogia *La Casa di York*

La casa di York

La corona di York

Il trono di York

Serie *Sconosciuto pericoloso*

Sconosciuto pericoloso

Dolore pericoloso

Pericolosa ossessione

Bugie pericolose

Amore pericoloso

Serie Dimmi di Smettere

Dimmi di Smettere

Dimmi di Partire

Dimmi di Rimanere

Dimmi di Correre

Dimmi di Lottare

Dimmi di Mentire

Serie Fidanzamento pericoloso

Fidanzamento pericoloso

Le Nozze Letale

Matrimonio Fatale

Duetto Non mi fido di te

Non mi fido di te

Ancora non mi fido di te

A PROPOSITO DI CHARLOTTE BYRD

CHARLOTTE BYRD è un'autrice best seller di molti romanzi rosa. Vive nella California del sud con suo marito, il figlio e un Australian Shepherd pazzerello. Ama i libri, il caldo e le acque crystalline.

Scrivile a:

charlotte@charlotte-byrd.com

Puoi dare un'occhiata ai suoi libri su:

www.charlotte-byrd.com

Seguila qui:

www.facebook.com/charlottebyrdbooks

Instagram: @charlottebyrdbooks

Twitter: @ByrdAuthor

Facebook Group: Charlotte Byrd's Reader Club

Iscriviti alla mailing list di Charlotte Byrd e ricevi notifiche su nuove uscite, omaggi e contenuti esclusivi.

Puoi anche iscriverti al gruppo Facebook, **Charlotte Byrd's Reader Club**, per partecipare a esclusivi giveaways e scoprire le anticipazioni sui miei prossimi lavori.

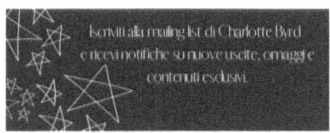